COLLECTION SÉRIE NOIRE
Créée par Marcel Duhamel

Parutions du mois

JEAN-CLAUDE IZZO

Solea

GALLIMARD

NOTE DE L'AUTEUR

Il convient de le redire une nouvelle fois. Ceci est un roman. Rien de ce que l'on va lire n'a existé. Mais comme il m'est impossible de rester indifférent à la lecture quotidienne des journaux, mon histoire emprunte forcément les chemins du réel. Car c'est bien là que tout se joue, dans la réalité. Et l'horreur, dans la réalité, dépasse — et de loin — toutes les fictions possibles. Quant à Marseille, ma ville, toujours à mi-distance entre la tragédie et la lumière, elle se fait, comme il se doit, l'écho de ce qui nous menace.

Pour Thomas,
quand il sera grand

Mais quelque chose me disait que c'était normal, qu'à certains moments de notre vie on doit faire ça, embrasser des cadavres.

PATRICIA MELO

PROLOGUE

Loin des yeux, proche du cœur,
Marseille, toujours

Sa vie était là-bas, à Marseille. Là-bas, derrière ces montagnes que le soleil couchant éclairait, ce soir, d'un rouge vif. « Demain, il y aura du vent », pensa Babette.

Depuis quinze jours qu'elle était dans ce hameau des Cévennes, Le Castellas, elle montait sur la crête à la fin de la journée. Par ce chemin où Bruno emmenait ses chèvres.

Ici, elle avait songé, le matin de son arrivée, rien ne change. Tout meurt et renaît. Même s'il y a plus de villages mourants que renaissants. À un moment ou à un autre, toujours, un homme réinvente les gestes anciens. Et tout recommence. Les chemins embroussaillés retrouvent leur raison d'être.

— C'est ça, la mémoire de la montagne, avait dit Bruno en lui servant un gros bol de café noir.

Bruno, elle l'avait rencontré en 1988. Le premier grand reportage que le journal lui confiait, à Babette. Vingt ans après Mai 68, que sont-ils devenus, les militants ?

Jeune philosophe, anarchiste, Bruno s'était battu sur

13

les barricades du Quartier latin, à Paris. *Cours, cama-rade, le vieux monde est derrière toi.* Cela avait été son seul slogan. Il avait couru, lançant pavés et cocktails Molotov sur les C.R.S. Il avait couru sous les gaz lacrymogènes, les C.R.S. au cul. Il avait couru dans tous les sens, en mai, en juin, rien que pour ne pas être rattrapé par le bonheur du vieux monde, les rêves du vieux monde, la morale du vieux monde. La connerie et la saloperie du vieux monde.

Quand les syndicats signèrent les accords de Grenelle, que les ouvriers retrouvèrent le chemin de l'usine, les étudiants celui de la fac, Bruno sut qu'il n'avait pas couru assez vite. Ni lui ni toute sa génération. Le vieux monde les avait rattrapés. Le fric devenait rêve et morale. Le seul bonheur de vivre. Le vieux monde s'inventait une ère nouvelle, la misère humaine.

Bruno avait raconté les choses comme ça, à Babette. « Il parle comme Rimbaud », avait-elle pensé, émue, séduite aussi par ce bel homme de quarante ans.

Lui et beaucoup d'autres fuirent alors Paris. Direction l'Ariège, l'Ardèche, les Cévennes. Vers les villages abandonnés. *Lo Païs,* comme ils aimaient dire. Une autre révolte naissait, dans les débris de leurs illusions. Naturaliste et fraternelle. Communautaire. Ils s'inventèrent un autre pays. *La France sauvage.* Beaucoup repartirent un ou deux ans après. Les plus persévérants tinrent bon cinq ou six ans. Bruno, lui, s'était accroché à ce hameau qu'il avait retapé. Seul, avec son troupeau de chèvres.

Ce soir-là, après l'interview, Babette avait couché avec Bruno.

— Reste, lui avait-il demandé.

Mais elle n'était pas restée. Ce n'était pas sa vie.

Au fil des ans, elle était revenue le voir assez souvent. Chaque fois qu'elle passait par là, ou pas loin. Bruno avait maintenant une compagne et deux enfants, l'électricité, la télé et un ordinateur, et il produisait des tommes de chèvre et du miel.

— Si un jour tu as des ennuis, il avait dit à Babette, viens ici. Hésite pas. Jusqu'en bas, dans la vallée, c'est rien que des copains.

Marseille, ce soir, lui manquait très fort, à Babette. Mais elle ne savait pas quand elle pourrait y retourner. Et même. Si elle y revenait un jour, rien, plus rien, ne serait jamais plus comme avant. Ce n'était pas des ennuis qu'elle avait, Babette, c'était pire. Dans sa tête, l'horreur s'était installée. Dès qu'elle fermait les yeux, elle revoyait le cadavre de Gianni. Et derrière son cadavre, ceux de Francesco, de Beppe, qu'elle n'avait pas vus, mais qu'elle imaginait. Des corps torturés, mutilés. Avec tout ce sang autour, noir, coagulé. Et d'autres cadavres encore. Derrière elle. Devant elle, surtout. Forcément.

Quant elle avait quitté Rome, la trouille au ventre, désemparée, elle n'avait su où aller. Pour être à l'abri. Pour repenser à tout ça, le plus calmement possible. Pour mettre tous ses papiers en ordre, trier, classer les informations, les recouper, les ordonner, les vérifier. Boucler l'enquête de sa vie. Sur la Mafia en France, et dans le Sud. Jamais on n'était allé aussi loin. Trop loin, réalisait-elle aujourd'hui. Elle s'était rappelé les propos de Bruno.

— J'ai des ennuis. Graves.

Elle appelait d'une cabine de La Spezia. Il était presque une heure du matin. Bruno dormait. Il se levait tôt, à cause des animaux. Babette tremblait. Deux heures avant, après avoir conduit d'une traite, et presque comme une folle, depuis Orvieto, elle était arrivée à Manarola. Un petit village du Cinqueterre, dressé sur un piton rocheux, où vivait Beppe, un vieil ami de Gianni. Elle avait composé son numéro, comme il lui avait demandé de le faire. Par précaution, lui avait-il précisé le matin même.

— *Pronto.*

Babette avait raccroché. Ce n'était pas la voix de Beppe. Puis elle avait vu les deux voitures de *carabinieri* se garer dans la rue centrale. Elle n'en douta pas un seul instant : les tueurs étaient arrivés avant elle.

Elle avait refait la route en sens inverse, une route de montagne, étroite, sinueuse. Crispée sur son volant, épuisée, mais attentive aux rares voitures qui s'apprêtaient à la doubler ou à la croiser.

— Viens, avait dit Bruno.

Elle avait trouvé une chambre minable à l'Albergo Firenze e Continentale, proche de la gare. Elle n'avait pas fermé l'œil de la nuit. Les trains. La présence de la mort. Tout lui revenait en mémoire, dans le moindre détail. Un taxi venait de la déposer piazza Campo dei Fiori. Gianni était rentré de Palerme. Il l'attendait chez lui. Dix jours, c'est long, il avait dit au téléphone. C'était long pour elle aussi. Gianni, elle ne savait pas si elle l'aimait, mais tout son corps le désirait.

— Gianni ! Gianni !

La porte était ouverte, mais elle ne s'en était pas souciée.

— Gianni !

Il était là. Ligoté sur une chaise. Nu. Mort. Elle ferma les yeux, mais trop tard. Elle sut qu'il lui faudrait vivre avec cette image.

Quand elle avait rouvert les yeux, elle avait vu les traces de brûlures sur le torse, le ventre, les cuisses. Non, elle ne voulait plus regarder. Elle détourna ses yeux du sexe mutilé de Gianni. Elle se mit à hurler. Elle se vit hurlant, raide comme pic, les bras ballants, la bouche grande ouverte. Son cri s'épaissit de l'odeur de sang, de merde et de pisse qui emplissait la pièce. Elle vomit, quand elle n'eut plus de souffle. Aux pieds de Gianni. Là où on pouvait lire, écrit à la craie sur le parquet : « Cadeau pour mademoiselle Bellini. À plus tard. »

Francesco, le frère aîné de Gianni, fut assassiné le matin de son départ d'Orvieto. Beppe avant qu'elle n'arrive.

Sa traque avait commencé.

Bruno était venu l'attendre à l'arrêt du car, à Saint-Jean-du-Gard. Elle avait fait ça : le train de La Spezia à Vintimille, puis en voiture de location par le petit poste frontière de Menton, en train jusqu'à Nîmes, puis en car. Une manière de se rassurer. Elle n'y croyait pas, qu'ils la filent. Ils l'attendraient chez elle, à Marseille. C'était la logique. Et la Mafia était d'une logique implacable. En deux ans d'enquête, elle avait pu le vérifier en maintes occasions.

Presque arrivée au Castellas, là où la route surplombe la vallée, Bruno avait stoppé sa vieille jeep.

— Viens, on va marcher un peu.

Ils avaient marché jusqu'à l'à-pic. Le Castellas était à peine visible, trois kilomètres plus haut, au bout d'un chemin de terre. On ne pouvait aller plus loin.

— Ici, t'es en sécurité. Si quelqu'un monte, Michel, le garde-forestier, m'appelle. Et si quelqu'un voulait arriver par les crêtes, Daniel nous le dirait. On n'a pas changé nos habitudes, j'appelle quatre fois par jour, il appelle quatre fois. Si l'un de nous n'appelle pas à l'heure convenue, c'est qu'il y a une merde. Quand son tracteur s'est renversé, à Daniel, c'est comme ça qu'on a su.

Babette l'avait regardé, incapable de dire un mot. Pas même merci.

— Et te crois pas obligée de me raconter tes emmerdes.

Bruno l'avait prise dans ses bras, et elle s'était mise à chialer.

Babette frissonna. Le soleil avait disparu et, devant elle, les montagnes se découpaient dans le ciel, violettes. Elle écrasa soigneusement son mégot du bout du pied, se leva et redescendit vers Le Castellas. Apaisée par ce miracle quotidien de la tombée du jour.

Dans sa chambre, elle relut la longue lettre qu'elle avait écrite à Fabio. Elle lui racontait tout, depuis son arrivée à Rome il y a deux ans. Jusqu'au dénouement. Sa détresse. Mais aussi sa détermination. Elle irait jusqu'au bout. Elle publierait son enquête. Dans un journal, ou en livre. « Tout doit se savoir », affirmait-elle.

Elle eut à l'esprit la beauté du coucher de soleil, et voulut terminer par ces mots. Juste dire à Fabio que, malgré tout, le soleil était plus beau sur la mer, non pas plus beau mais plus vrai, non, ce n'était pas ça, non, elle avait envie d'être avec lui, dans son bateau, au large de Riou et voir le soleil se fondre dans la mer.

Elle déchira la lettre. Sur une feuille blanche, elle écrivit : « Je t'aime encore ». Et dessous : « Garde-moi ça précieusement. » Elle glissa cinq disquettes dans une enveloppe-bulle, la cacheta et se leva pour aller dîner avec Bruno et sa famille.

1

Où, parfois, ce qu'on a sur le cœur
s'entend mieux que ce qu'on dit
avec la langue

La vie puait la mort.

J'avais ça dans la tête, hier soir, en entrant chez Hassan, au Bar des Maraîchers. Ce n'était pas une de ces idées qui, parfois, traversent l'esprit, non, je sentais vraiment la mort autour de moi. Son odeur de pourriture. Dégueulasse. J'avais reniflé mon bras. Ça m'avait dégoûté. C'était cette odeur, la même. Moi aussi je puais la mort. Je m'étais dit : « Fabio, t'énerve pas. Tu rentres à la maison, tu te prends une petite douche, et, tranquille, tu sors le bateau. Un peu de la fraîcheur de la mer, et tout rentrera dans l'ordre, tu verras. »

C'était vrai, qu'il faisait chaud. Une bonne trentaine de degrés, avec dans l'air un mélange poisseux d'humidité et de pollution. Marseille étouffait. Et ça donnait soif. Alors, au lieu de tirer, direct, par le Vieux-Port et la Corniche — le chemin le plus simple pour aller chez moi, aux Goudes —, je m'étais engagé dans l'étroite rue Curiol, au bout de la Canebière. Le Bar des Maraîchers était tout en haut, à deux pas de la place Jean-Jaurès.

J'étais bien dans son bar, à Hassan. Les habitués se côtoyaient sans aucune barrière d'âge, de sexe, de couleur de peau, de milieu social. On y était entre amis. Celui qui venait boire son pastis, on pouvait en être sûr, il ne votait pas Front National, et il ne l'avait jamais fait. Pas même une fois dans sa vie, comme certains que je connaissais. Ici, dans ce bar, chacun savait bien pourquoi il était de Marseille et pas d'ailleurs, pourquoi il vivait à Marseille et pas ailleurs. L'amitié qui flottait là, dans les vapeurs d'anis, tenait dans un regard échangé. Celui de l'exil de nos pères. Et c'était rassurant. Nous n'avions rien à perdre, puisque nous avions déjà tout perdu.

Quand j'étais entré, Ferré chantait :

Je sens que nous arrivent
des trains pleins de brownings,
de berretas et de fleurs noires
et des fleuristes préparant des bains de sang
pour actualité colortélé...

J'avais pris un pastis au comptoir, puis Hassan avait remis ça, comme d'habitude. Après, je ne les avais plus comptés, les pastis. À un moment, peut-être au quatrième, Hassan s'était penché vers moi :

— La classe ouvrière, tu trouves pas, elle est un peu gauche, non ?

En fait, ce n'était pas une question. Juste un constat. Une affirmation. Hassan n'était pas du genre bavard. Mais il aimait lâcher, de-ci de-là, au client qui lui faisait face, une petite phrase. Comme une sentence à méditer.

— Qu'est-ce que tu veux que je te dise, j'avais répondu.

— Rien. Y a rien à dire. On va où on va. C'est tout. Allez, finis ton verre.

Le bar s'était rempli peu à peu, faisant grimper la température de quelques degrés. Mais dehors, où certains allaient écluser leurs verres, ce n'était guère mieux. La nuit n'avait pas apporté le moindre air frais. La moiteur collait à la peau.

J'étais sorti sur le trottoir pour discuter avec Didier Perez. Il était entré chez Hassan, et, m'apercevant, il était venu directement vers moi.

— C'est toi que je voulais voir.

— T'as de la chance, j'avais l'intention d'aller à la pêche.

— On va dehors ?

C'est Hassan qui m'avait présenté Perez, une nuit. Perez était peintre. Passionné par la magie des signes. On avait le même âge. Ses parents, originaires d'Almería, avaient émigré en Algérie après la victoire de Franco. Lui, il était né là-bas. Quand l'Algérie devint indépendante, ni eux ni lui n'hésitèrent sur leur nationalité. Ils seraient algériens.

Perez avait quitté Alger en 1993. Professeur à l'école des Beaux-Arts, il était alors un des dirigeants du Rassemblement des artistes, intellectuels et scientifiques. Lorsque les menaces de mort se firent précises, ses amis lui conseillèrent de prendre le large, quelque temps. Il était à Marseille depuis une semaine à peine, quand il apprit que le directeur et son fils avaient été assassinés dans l'enceinte même de l'école. Il décida de rester à Marseille, avec sa femme et ses enfants.

C'est sa passion des Touaregs qui, d'emblée, me séduisit chez lui. Je ne connaissais pas le désert, mais je connaissais la mer. Ça me semblait être la même chose. Nous avions longuement parlé de ça. De la terre et de l'eau, de la poussière et des étoiles. Un soir, il m'offrit une bague en argent, travaillée en points et en traits.

— Elle vient de là-bas. Tu vois, les combinaisons de points et de lignes, c'est le *Khaten*. Ça dit ce qu'il adviendra de ceux que tu aimes et qui sont partis, et de quoi ton avenir sera fait.

Perez avait posé la bague dans le creux de ma main.

— Je ne sais pas si ça m'intéresse vraiment, de le savoir.

Il avait ri.

— T'inquiète, Fabio. Il faudrait que tu saches lire les signes. Le *Khat el R'mel*. Et à mon avis, c'est pas demain la veille ! Mais ce qui est inscrit est inscrit, quoi qu'il en soit.

Je n'avais jamais porté de bague de ma vie. Pas même celle de mon père, après sa mort. J'avais hésité un instant, puis j'avais enfilé la bague à l'annulaire gauche. Comme pour sceller définitivement ma vie à mon destin. Il me sembla, ce soir-là, avoir enfin l'âge pour ça.

Sur le trottoir, nos verres à la main, on avait échangé quelques banalités, puis Perez avait passé son bras autour de mon épaule.

— J'ai un service à te demander.

— Vas-y.

— J'attends quelqu'un, quelqu'un de chez nous. Je

voudrais que tu l'héberges. L'histoire d'une semaine. Chez moi, c'est trop petit, tu le sais.

Ses yeux noirs me dévisagèrent. Chez moi, ce n'était guère plus grand. Le cabanon que j'avais hérité de mes parents ne comportait que deux pièces. Une petite chambre et une grande salle à manger-cuisine. Ce cabanon, je l'avais bricolé du mieux que j'avais pu, simplement, et sans me laisser envahir par les meubles. J'y étais bien. La terrasse donnait sur la mer. Huit marches plus bas, il y avait mon bateau, un pointu, que j'avais racheté à Honorine, ma voisine. Perez savait cela. Je l'avais invité plusieurs fois à manger avec sa femme et des amis.

— Chez toi, ça me rassurerait, il avait ajouté.

Je l'avais regardé à mon tour.

— D'accord, Didier. À partir de quand ?

— Je sais pas encore. Demain, après-demain, dans une semaine. J'en sais rien. C'est pas simple, tu le sais. Je t'appellerai.

Après son départ, j'avais repris ma place au comptoir. À boire avec l'un ou l'autre, et avec Hassan qui ne laissait jamais passer une tournée. J'écoutais les conversations. La musique aussi. Après l'heure officielle de l'apéritif, Hassan délaissait Ferré pour le jazz. Il choisissait les morceaux avec soin. Comme s'il y avait un son à trouver pour l'ambiance du moment. La mort s'éloignait, son odeur. Et pas de doute, je préférais l'odeur de l'anis.

— Je préfère l'odeur de l'anis, j'avais gueulé à Hassan.

Je commençais à être légèrement ivre.

25

— Sûr.

Il m'avait fait un clin d'œil. Complice, jusqu'au bout. Et Miles Davis avait attaqué *Solea.* Un morceau que j'adorais. Que j'écoutais sans cesse, la nuit, depuis que Lole m'avait quitté.

— La *solea,* m'avait-elle expliqué un soir, c'est la colonne vertébrale du chant flamenco.

— Pourquoi tu ne chantes pas, toi ? Du flamenco, du jazz...

Elle avait une voix superbe, je le savais. Pedro, un de ses cousins, me l'avait confié. Mais Lole s'était toujours refusée à chanter en dehors des réunions familiales.

— Ce que je cherche, je ne l'ai pas encore trouvé, m'avait-elle répondu, après un long silence.

Ce silence, justement, qu'il faut savoir trouver au plus fort de la tension de la *solea.*

— Tu comprends rien, Fabio.

— Qu'est-ce qu'il faudrait que je comprenne ?

Elle m'avait souri tristement.

C'était dans les dernières semaines de notre vie ensemble. Une de ces nuits où nous nous épuisions à discuter jusqu'à pas d'heure, en fumant clope sur clope tout en buvant de longues rasades de Lagavulin.

— Lole, dis-moi, qu'est-ce qu'il faudrait que je comprenne ?

Elle s'était éloignée de moi, je l'avais senti. Un peu plus chaque mois. Même son corps s'était refermé. La passion ne l'habitait plus. Nos désirs n'inventaient plus rien. Ils perpétuaient seulement une histoire d'amour ancienne. La nostalgie d'un amour qui aurait pu exister un jour.

— Y a rien à expliquer, Fabio. C'est ça le tragique de la vie. T'écoutes du flamenco depuis des années, et t'en es encore à te demander ce qu'il y a à comprendre.

C'était une lettre, une lettre de Babette, qui avait tout provoqué. Babette, je l'avais connue quand on m'avait nommé à la tête de la Brigade de surveillance de secteurs, dans les quartiers Nord de Marseille. Elle débutait dans le journalisme. Son journal, *La Marseillaise,* l'avait désignée, un peu par hasard, pour interviewer l'oiseau rare que la police envoyait au casse-pipe, et nous étions devenus amants. « Des intermittents de l'amour » aimait-elle à dire de nous, Babette. Puis un jour, nous étions devenus amis. Sans jamais nous être dit que nous nous aimions.

Il y a deux ans, elle avait rencontré un avocat italien, Gianni Simeone. Le coup de foudre. Elle l'avait suivi à Rome. Pour la connaître, je savais que l'amour ne devait pas être sa seule raison. Je ne m'étais pas trompé. Son amant avocat était spécialisé dans les procès de la Mafia. Et, depuis des années, depuis qu'elle était devenue grand reporter *free lance,* c'était son rêve, à Babette : écrire l'enquête la plus approfondie sur les réseaux et l'influence de la Mafia dans le sud de la France.

Babette m'avait expliqué tout ça, où elle en était de son travail, ce qui lui restait encore à faire, quand elle était revenue à Marseille pour recouper quelques informations dans les milieux d'affaires et politiques de la région. On se retrouva trois ou quatre fois, pour bavarder, devant un loup grillé au fenouil, chez Paul, rue Saint-Saëns. Un des rares restaurant du port, avec L'Oursin, où l'on ne se sent pas pris pour un touriste. Ce qui était agréable, c'était le côté faussement amoureux de nos retrouvailles. Mais j'étais incapable de dire pourquoi. De me l'expliquer. Et, bien sûr, de l'expliquer à Lole.

Et quand Lole revint de Séville, où elle était partie voir sa mère, je ne lui dis rien de Babette, de nos rencontres. Avec Lole, nous nous connaissions depuis l'adolescence. Elle avait aimé Ugo. Puis Manu. Puis moi. Le dernier survivant de nos rêves. Ma vie n'avait pas de secret pour elle. Ni les femmes que j'avais aimées, perdues. Mais je ne lui avais jamais parlé de Babette. Cela me semblait trop compliqué ce qu'il y avait eu entre nous. Ce qu'il y avait encore entre nous.

— C'est qui, cette Babette, à qui tu dis je t'aime ?

Elle avait ouvert une lettre de Babette. Par hasard, ou par jalousie, qu'importe. «Pourquoi faut-il que le mot amour ait tant de significations, avait écrit Babette. Nous nous sommes dit je t'aime... »

— Il y a je t'aime et je t'aime, j'avais bafouillé, plus tard.

— Redis-moi ça.

Comment dire cela : je t'aime par fidélité à une histoire d'amour qui n'a jamais existé, et je t'aime par vérité d'une histoire d'amour qui se construit des mille bonheurs de chaque jour.

J'avais manqué de franchise. De sincérité. Je m'étais perdu dans de fausses explications. Confuses, toujours plus confuses. Et j'avais perdu Lole à la fin d'une belle nuit d'été. Nous étions sur ma terrasse, en train de finir une bouteille de vin blanc du Cinqueterre. Un Vernazza, que des amis nous avait rapporté.

— Tu savais ça ? elle m'avait dit. Quand on ne peut

plus vivre, on a le droit de mourir et de faire de sa mort une dernière étincelle.

Depuis que Lole était partie, j'avais fait miennes ses paroles. Et je cherchais l'étincelle. Désespérément.

— Qu'est-ce que t'as dit ? m'avait demandé Hassan.
— J'ai dit quelque chose ?
— Je croyais.

Il avait resservi une tournée, puis, se penchant vers moi, il avait ajouté :

— Ce qu'on a sur le cœur, parfois ça s'entend mieux que ce qu'on dit avec la langue.

J'aurais dû m'en tenir là, finir mon verre et rentrer chez moi. Sortir le bateau et aller au large des îles de Riou voir l'aube se lever. Ce qui tournait dans ma tête m'angoissait. J'avais senti revenir sur moi l'odeur de la mort. Du bout des doigts, j'avais effleuré la bague que m'avait offerte Perez, sans savoir vraiment si c'était un bon ou un mauvais augure.

Derrière moi, une curieuse discussion s'était engagée entre un jeune homme et une femme d'une quarantaine d'années.

— Putain ! s'était énervé le jeune homme. On dirait la Merteuil !
— Qui c'est celle-là ?
— Madame de Merteuil. Dans un roman. *Les Liaisons dangereuses.*
— Connais pas. C'est une insulte ?

Cela m'avait fait sourire, et j'avais demandé à Hassan de me resservir. Sonia était entrée à cet instant. Enfin, je ne savais pas encore qu'elle s'appelait Sonia. Cette femme, je l'avais croisée plusieurs fois ces derniers temps. La dernière, c'était au mois de juin, lors de la fête de la sardine, à l'Estaque. Nous ne nous étions jamais parlé.

Après s'être frayé un passage jusqu'au comptoir, Sonia s'était glissée entre un client et moi. Contre moi.

— Me dites pas que vous me cherchiez.

— Pourquoi ?

— Parce qu'un ami m'a déjà fait le coup ce soir.

Un sourire avait illuminé son visage.

— Je ne vous cherchais pas. Mais ça me fait plaisir de vous trouver là.

— Ben moi aussi ! Hassan, sers la dame.

— Sonia, elle s'appelle, la dame, il avait dit.

Et il lui servit un whisky avec de la glace. D'autorité. Comme à un habitué.

— À la nôtre, Sonia.

La nuit avait basculé à cet instant. Quand nos verres tintèrent l'un contre l'autre. Et que les yeux gris-bleu de Sonia se plantèrent dans les miens. Je m'étais mis à bander. Si fort que j'en avais eu presque mal. Je n'avais pas compté les mois, mais ça faisait un sacré bail que je n'avais plus couché avec une femme. Je crois que j'avais presque oublié qu'on pouvait bander.

D'autres tournées suivirent. Au comptoir, puis à une petite table qui venait de se libérer. La cuisse de Sonia collée à la mienne. Brûlante. Je me rappelle m'être demandé pourquoi les choses arrivent si vite, toujours. Les histoires d'amour. On voudrait que ça arrive à un autre moment, quand on est au mieux de sa forme, quand on se sent prêt pour l'autre. Une autre. Un autre. Je m'étais dit qu'en fait, on ne maîtrisait rien de sa vie. Et encore plein d'autres choses. Mais je ne m'en souvenais plus. Ni de tout ce qu'avait pu me raconter Sonia.

Je ne me souvenais de rien de la fin de cette nuit.

Et le téléphone sonnait.

Le téléphone sonnait et ça me labourait les tempes. C'était la tempête dans mon crâne. Je fis des efforts démesurés et j'ouvris les yeux. J'étais nu sur mon lit.

Le téléphone sonnait toujours. Merde ! Pourquoi j'oubliais toujours de le brancher, ce putain de répondeur !

Je me laissai rouler sur le côté et tendis le bras.

— Ouais.

— Montale.

Une voix dégueulasse.

— Z'êtes trompé de numéro.

Je raccrochai.

Moins d'une minute après, le téléphone resonna. La même voix dégueulasse. Avec un zeste d'accent d'Italien.

— Tu vois que c'est le bon numéro. Tu préfères qu'on vienne te voir ?

Ce n'était pas le genre de réveil auquel j'avais rêvé. Mais la voix de ce type glissait dans mon corps comme une douche glacée. À me geler les os. Ces voix-là, je savais leur mettre un visage, leur donner un corps, et même dire où était planqué leur flingue.

J'ordonnai le silence à l'intérieur de ma tête.

— J'écoute.

— Juste une question. Est-ce que tu sais où elle est, Babette Bellini ?

Ce n'était plus une douche glacée qui coulait en moi. Mais le froid polaire. Je me mis à trembler. Je tirai sur le drap et m'enroulai dedans.

— Qui ça ?

— Joue pas au con, Montale. Ta petite copine, Babette, la fouille-merde. Tu sais où on peut la trouver ?

— Elle était à Rome, je lâchai, me disant que s'ils la cherchaient ici c'est qu'elle ne devait plus y être, là-bas.

— Elle y est plus.

— Elle a dû oublier de me prévenir.

— Intéressant, ricana le type.

Il y eut un silence. Si lourd que mes oreilles se mirent à bourdonner.

— C'est tout ?

— Voilà ce que tu vas faire, Montale. Tu te démerdes comme tu veux, mais tu essayes de nous la trouver, ta copine. Elle a des choses qu'on aimerait bien récupérer, tu vois. Comme t'as rien à glander dans tes putains de journées, ça devrait aller assez vite, non ?

— Allez vous faire foutre !

— Quand je te rappellerai, tu feras moins le fier, Montale.

Il raccrocha.

La vie puait la mort, je ne m'étais pas trompé.

2

Où l'accoutumance à la vie
n'est pas une vraie raison de vivre

Sur la table, à côté des clefs de ma voiture, Sonia avait laissé un mot. « Tu étais trop bourré. Dommage. Appelle-moi ce soir. Vers sept heures. Je t'embrasse. » Son numéro de téléphone suivait. Les dix chiffres gagnants d'une invitation au bonheur.

Sonia. Je souris au souvenir de ses yeux gris-bleu, de sa cuisse brûlante contre la mienne. Et de son sourire aussi, quand il illuminait son visage. Mes seuls souvenirs d'elle. Mais de beaux souvenirs déjà. J'eus hâte d'être à ce soir. Mon sexe aussi, qui se tendit dans mon short à ces seules évocations.

Ma tête semblait peser aussi lourd qu'une montagne. J'hésitai entre prendre une douche ou faire un café. Le café s'imposait. Et une cigarette. La première bouffée m'arracha les boyaux. Je crus qu'ils allaient me sortir par la bouche. « Saloperie ! » je me dis en aspirant une autre bouffée, pour le principe. Le second haut-le-cœur fut plus violent encore. Relançant à tout rompre les battements dans mon crâne.

Je me pliai en deux au-dessus de l'évier de la cuisine. Mais je n'avais rien à vomir. Pas même mes poumons.

Pas encore ! Où était-il ce temps où, avec la première bouffée de la première cigarette, c'était tout mon appétit de vivre que j'inhalais ? Loin, très loin. Les démons, prisonniers de ma poitrine, n'avaient plus grand-chose à se mettre sous la dent. Parce que l'accoutumance à la vie n'est pas une vraie raison de vivre. Les envies de vomir me le rappelaient chaque matin.

Je passai ma tête sous l'eau froide du robinet, gueulai un bon coup, puis je m'étirai et repris ma respiration, sans lâcher la clope qui me brûlait les doigts. Je ne faisais plus assez de sport depuis quelque temps. Ni assez de marche à pied dans les calanques. Ni d'entraînement régulier à la salle de boxe de Mavros. Les bons repas, l'alcool, les clopes. « Dans dix ans, t'es mort, Montale », je me dis. « Réagis, bon sang ! » Je repensai à Sonia. Avec de plus en plus de plaisir. Puis sur son image se superposa celle de Babette.

Où elle était, Babette ? Dans quelle galère elle s'était foutue ? Les menaces du type au téléphone n'étaient pas de l'intimidation. J'en avais senti le poids, réel, dans chaque mot. La manière froide de les prononcer. J'écrasai la cigarette consumée et en allumai une autre, tout en me servant le café. J'avalai une gorgée, aspirai une longue bouffée de fumée, puis je sortis sur la terrasse.

Le soleil, brûlant, me cogna dessus méchamment. L'éblouissement. Une vague de transpiration recouvrit mon corps. La tête me tourna. Je crus, une seconde, que j'allais tomber dans les pommes. Mais non. Le sol de ma terrasse retrouva son équilibre. J'ouvris les yeux. Le seul vrai cadeau que la vie me faisait chaque jour était là, devant moi. Intact. La mer, le ciel. À perte de vue. Avec cette lumière, à nulle autre pareille, qui naissait l'un de l'autre. Il m'arrivait souvent de penser qu'étreindre un corps de femme c'était, en quelque sorte, retenir contre soi cette joie ineffable qui descend du ciel vers la mer.

Est-ce que j'avais serré le corps de Sonia contre moi, cette nuit ? Si Sonia m'avait raccompagné, comment était-elle repartie ? Est-ce elle qui m'avait déshabillé ? Avait-elle dormi ici ? Avec moi ? Est-ce que nous avions fait l'amour ? Non. Non, tu étais trop bourré. Elle te l'a écrit.

La voix d'Honorine me tira de mes réflexions.

— Dites, vous avez vu l'heure !

Je tournai mon visage vers elle. Honorine. Ma vieille Honorine. Elle était tout ce qui restait de ma vie usée. Fidèle, jusqu'au bout. Elle atteignait cet âge où l'on ne vieillit plus. À peine si elle se ratatinait un peu plus chaque année. Son visage n'était que légèrement ridé, comme si les mauvais coups de la vie avaient glissé sur elle sans la meurtrir, sans entamer sa joie d'être de ce monde. « Heureux les vivants, qu'ils ont vu ces choses », elle disait souvent en montrant le ciel et la mer devant nous, avec les îles au fond. « Rien que pour ça, vé, je regrette pas d'être venue sur terre. Malgré ce que j'ai vécu... » Sa phrase s'arrêtait toujours là. Comme pour ne pas entacher de misère et de tristesse sa simple joie de vivre. Honorine n'avait plus que des souvenirs heureux. Je l'aimais. C'était la mère des mères. Et elle n'était que pour moi.

Elle ouvrit le petit portillon qui sépare sa terrasse de la mienne, et, son cabas de courses à la main, elle vint vers moi d'un pas traînant mais toujours assuré.

— Il est presque midi, vé !

D'un geste large, je montrai le ciel et la mer.

— C'est les vacances.

— Les vacances, c'est pour ceux qui travaillent...

Depuis des mois, c'était son obsession, à Honorine. Me trouver du travail. Que je cherche du travail. Elle supportait mal qu'un homme « encore jeune, comme vous » ne fasse rien de ses journées.

Ce n'était plus tout à fait exact, en vérité. Depuis plus d'un an, tous les après-midi, je remplaçais Fonfon derrière son comptoir. De deux heures à sept heures. Son bar, il avait envisagé de le fermer. De le vendre. Mais il n'avait pu se résigner à cette perspective. Après tant d'années passées à servir les clients, à parler avec eux, à s'engueuler avec eux, fermer c'était mourir. Un matin, il me l'avait proposé son bar. Pour un franc symbolique.

— Et comme ça, m'avait-il expliqué, je pourrai venir te filer un petit coup de main. Tiens, à l'heure de l'apéritif. Tu vois, juste histoire d'avoir quelque chose à faire.

J'avais refusé. Il gardait son bar, et c'est moi qui viendrais l'aider.

— Bon, ben alors, les après-midi.

On s'était mis d'accord comme ça. Ça me faisait quatre sous pour payer l'essence, les clopes et mes virées nocturnes en ville. Dans ma cagnotte, j'avais encore, grosso modo, une centaine de mille francs. C'était peu, l'argent filait vite, mais ça me laissait le temps de voir venir. Pas mal de temps même. J'avais de moins en moins de besoins. La pire chose qui pouvait m'arriver, c'est que ma vieille R5 tombe en panne, et qu'il me faille en racheter une autre.

— Honorine, on va pas remettre ça.

Elle me regarda fixement. Sourcils froncés, lèvres serrées. Tout son visage voulait se montrer sévère, mais ses yeux n'y arrivaient pas. Ils n'étaient que tendresse. Elle ne me criait dessus que par amour. Par peur qu'il ne m'arrive du mal en restant comme ça, à ne rien faire. L'oisiveté est mère de tous les vices, ça se sait bien. Combien de fois nous l'avait-elle serinée cette sentence, quand nous venions glandouiller ici avec Ugo et Manu ? Nous, on lui répondait en récitant Baudelaire. Des vers des *Fleurs du mal*. Bonheur, luxe, calme et volupté. Alors, elle nous criait dessus. Moi, il me suffisait de regarder ses yeux pour savoir si elle était en colère ou pas.

Peut-être qu'elle aurait dû vraiment nous crier dessus. Mais elle n'était pas notre mère, Honorine. Et comment aurait-elle pu deviner qu'à force de nous amuser à déconner nous finirions par faire de vraies conneries ? Pour elle, nous n'étions que des adolescents, pas pires, pas meilleurs que tous les autres. Et nous nous trimballions toujours avec des tonnes de bouquins que, de sa terrasse, elle nous entendait lire à haute voix, devant la mer, la nuit venue. Honorine, elle avait toujours cru que les livres ça rendait sage, intelligent, et sérieux. Pas que ça pouvait conduire à braquer des pharmacies, des stations-services. Ni à tirer sur des gens.

De la colère, il y en avait eu dans ses yeux quand j'étais venu lui dire au revoir, il y a trente ans. Une grande colère, qui l'avait laissée muette. Je venais de m'engager pour cinq ans dans la Coloniale. Direction Djibouti. Pour fuir Marseille. Et ma vie. Parce que avec

Ugo et Manu nous avions franchi la limite. Manu, par affolement, avait tiré sur un pharmacien de la rue des Trois-Mages qu'on dépouillait de sa recette. Le lendemain, dans le journal, j'avais lu que cet homme, père de famille, serait paralysé à vie. Ça m'avait écœuré, ce que nous avions fait.

Mon horreur des armes venait de cette nuit-là. De devenir flic n'avait rien changé. Je n'avais jamais pu me résoudre à porter une arme. J'en avais souvent discuté avec mes collègues. Bien sûr, on pouvait tomber sur un violeur, un déséquilibré, un truand. La liste était longue de ceux qui, violents, fous ou simplement désespérés, pouvaient se trouver un jour sur notre chemin. Et cela m'était arrivé pas mal de fois. Mais au bout de ce chemin, c'était toujours Manu que je voyais, son flingue à la main. Et Ugo, derrière lui. Et moi, pas loin.

Manu s'était fait tuer par des truands. Ugo par des flics. Moi, j'étais toujours vivant. Je prenais ça pour de la chance. La chance d'avoir su comprendre dans le regard de certains adultes que nous étions des hommes. Des êtres humains. Et qu'il ne nous appartenait pas de donner la mort.

Honorine ramassa son cabas.

— Vé, ce que je dis. C'est comme parler à un sourd.

Elle repartit vers sa terrasse. Arrivée au portillon, elle se retourna vers moi :

— Dites, pour manger, si j'ouvrais un bocal de poivrons ? Avec quelques anchois. Je fais une grosse salade... Par cette chaleur.

Je souris.

— Je mangerais bien une omelette de tomates.

— Oh ! mais qu'est-ce vous avez tous aujourd'hui !
Fonfon aussi, c'est ça qu'il a voulu que je lui fasse.

— On s'est téléphoné.

— Moquez-vous, va !

Depuis plusieurs mois, Honorine cuisinait également
pour Fonfon. Souvent, le soir, nous mangions tous les
trois sur ma terrasse. En fait, Fonfon et Honorine passaient de plus en plus de temps ensemble. Même qu'il y
a quelques jours, Fonfon, un après-midi, il était venu
faire la sieste chez elle. Vers les cinq heures, il était
revenu au bar aussi embarrassé qu'un gamin qui vient
d'embrasser une fille pour la première fois.

Fonfon et Honorine, je les avais aidé à se rapprocher.
Je ne trouvais pas ça bien qu'ils vivent leur solitude chacun de leur côté. Leur deuil, leur fidélité à l'être aimé
avaient bouffé presque quinze ans de leur vie. Ça me
semblait amplement suffisant. Il n'y avait aucune honte à
ne pas vouloir finir sa vie seul.

Un dimanche matin, je leur avais proposé d'aller
pique-niquer sur les îles du Frioul. Toute une histoire, ça
avait été, pour décider Honorine. Elle n'était plus montée
sur le bateau depuis la mort de Toinou, son mari. Je
m'étais un peu énervé.

— Bon sang, Honorine ! sur ce bateau, depuis que je
l'ai, je n'y ai emmené que Lole. Je vous emmène tous
les deux, parce que je vous aime. Tous les deux, vous
comprenez ça !

Ses yeux s'étaient embués de larmes, puis elle avait
souri. J'avais su alors qu'elle tournait enfin la page, sans
rien renier de sa vie avec Toinou. Au retour, elle tenait
la main de Fonfon, et je l'avais entendue lui murmurer :

— Maintenant, on peut mourir, pas vrai ?

— On a bien encore un peu de temps, non ? il lui avait répondu.

J'avais tourné la tête et laissé mon regard filer vers l'horizon. Là où la mer devient plus sombre. Plus épaisse. Je m'étais dit que la solution à toutes les contradictions de l'existence était là, dans cette mer. Ma Méditerranée. Et je m'étais vu me fondre en elle. Me dissoudre, et résoudre, enfin, tout ce que je n'avais jamais résolu dans ma vie, et que je ne résoudrai jamais.

L'amour de ces deux vieux me faisait chialer.

À la fin du repas, Honorine, qui fort bizarrement était restée silencieuse, m'interrogea :

— Dites, la petite dame brune, qui vous a ramené cette nuit, elle va revenir ? Sonia, c'est ça ?

Je fus surpris.

— Je sais pas. Pourquoi ? bafouillai-je, presque inquiet.

— Parce qu'elle m'a l'air bien gentille. Alors, je me disais, vé...

Ça, c'était une autre obsession d'Honorine. Que je me trouve une femme. Une femme gentille, qui prenne soin de moi, même si cela lui soulevait le cœur d'imaginer qu'une autre femme puisse cuisiner à sa place.

Je lui avais expliqué, je ne sais combien de fois, qu'il n'y avait que Lole dans ma vie. Elle était partie. Parce que je n'avais pas su être l'homme qu'elle attendait que je sois. Et, je n'en doutais plus aujourd'hui, le plus grand mal que j'avais pu lui faire, c'était de l'avoir obligée à partir. À me quitter. Ça me réveillait souvent la nuit, ce mal que je lui avais fait. À elle. À nous.

Mais Lole, je l'avais attendue toute ma vie, alors je n'avais pas l'intention d'y renoncer. J'avais besoin de croire qu'elle reviendrait. Que nous recommencerions. Pour que nos rêves, nos vieux rêves qui nous avaient réunis et donné tant de bonheur déjà, puissent enfin s'épanouir simplement. Librement. Sans plus de peur ni de doute. En toute confiance.

Quand je disais cela, Honorine me regardait avec tristesse. Elle savait que Lole, aujourd'hui, vivait sa vie à Séville. Avec un guitariste, qui était passé du flamenco au jazz. Dans la belle lignée de Django Reinhardt. Genre Bireli Lagrène. Elle s'était enfin décidée à chanter pour les *gadjos*. Depuis un an, elle avait intégré la formation de son ami et elle se produisait en concert. Ils avaient enregistré un album ensemble. Tous les grands standards du jazz. Elle me l'avait envoyé, avec juste ces mots : « Toi, ça va ? »

I Can't Give you Anything but Love, Baby... Je n'avais pu aller au-delà du premier morceau. Non pas que ce ne fût pas bon, au contraire. Sa voix était rauque. Suave. Avec des intonations qu'elle avait parfois dans l'amour. Mais ce n'était pas la voix de Lole que j'entendais, seulement la guitare qui donnait corps à sa voix. La portait. Cela m'était insupportable. J'avais rangé le disque, sans ranger mes folles illusions.

— Vous vous êtes parlé ? je demandai à Honorine.

— Ben oui, tiens. On a pris le café ensemble.

Elle me regarda avec un grand sourire.

— Elle était pas très en forme pour aller travailler, la pauvre.

Je ne relevai pas. Je n'avais aucune image du corps de Sonia. Son corps nu. Je savais seulement que la robe légère qu'elle portait hier laissait espérer tout plein de bonheur aux mains d'un honnête homme. Mais, me dis-je, peut-être n'étais-je pas si honnête que ça.

— Fonfon, il a appelé Alex. Vous savez, le taxi qui, des fois, il joue aux cartes avec vous. Pour qui la raccompagne, quoi. Je crois qu'elle était un peu en retard.

La vie continuait, toujours.

— Et vous avez parlé de quoi, avec Sonia ?

— D'elle, un peu. De vous, pas mal. Enfin, on n'a pas fait les bazarettes, hein. Juste un peu parlé, quoi.

Elle plia sa serviette, et me regarda fixement. Comme tout à l'heure sur la terrasse. Mais sans aucune lueur de malice.

— Elle m'a dit que vous étiez malheureux.

— Malheureux !

Je m'efforçai de rire, en allumant une cigarette pour me donner un peu de contenance. Qu'est-ce que j'avais bien pu lui raconter, à Sonia ? Je me sentais comme un môme pris en faute.

— Elle me connaît à peine.

— C'est pour ça que j'ai dit qu'elle est gentille. Elle a su comprendre ça de vous. En peu de temps, si j'ai bien compris ?

— C'est ça. Vous avez bien compris, je répondis en me levant. Je vais prendre le café chez Fonfon.

— Vé, si on peut plus parler !

Elle était fâchée.

42

— C'est rien, Honorine. C'est le manque de sommeil.

— C'est vrai, quoi. J'ai juste dit que, moi, j'aimerais bien la revoir.

La malice était revenue au fond de ses yeux.

— Moi aussi, Honorine. Moi aussi, j'ai envie de la revoir.

3

Où il n'est pas inutile d'avoir
quelques illusions sur la vie

Fonfon avait haussé les épaules. Tout en buvant le café, je lui avais annoncé que je ne pouvais pas tenir son bar cet après-midi. La sale histoire dans laquelle Babette semblait s'être embarquée me trottait dans la tête. Il fallait que j'arrive à la localiser. Ce qui, dans son cas, n'était pas chose simple. Si ça se trouve, elle pouvait être en croisière sur le yacht d'un émir arabe. Mais ce n'était qu'une supposition. La plus sympathique. En vérité, plus j'y réfléchissais, et plus j'étais convaincu qu'elle était en cavale. Ou planquée quelque part.

J'avais décidé d'aller faire un tour dans l'appartement qu'elle avait conservé, en haut du cours Julien. Elle l'avait acheté pour une bouchée de pain dans les années 70, et maintenant, il valait une fortune. Le cours Julien était le quartier le plus branché de Marseille. D'un côté et de l'autre du cours, jusqu'en haut, au métro Notre-Dame-du-Mont, ce n'était que restaurants, bars, cafés-musique, antiquaires et haute couture marseillaise. Tout le Marseille nocturne se donnait rendez-vous là dès sept heures le soir.

— Je savais bien que ça durerait pas, cette histoire, avait grommelé Fonfon.

— Oh ! Fonfon ! C'est une fois.

— Ouais... De toute façon, les clients, va pas y en avoir des masses. Tous le cul dans l'eau, ils vont être. Je te refais un café ?

— Si tu veux.

— Me fais pas ta tête ! Oh ! ce que je dis, c'est juste pour t'enquiquiner un peu. Je sais pas ce qu'elles vous font les petites aujourd'hui, mais sas, quand vous sortez du lit on vous croirait passés sous un rouleau compresseur.

— C'est pas les petites, c'est les pastis. J'ai pas compté, cette nuit.

— Je disais les petites, mais je voulais dire celle que j'ai mise dans le taxi, ce matin.

— Sonia.

— Sonia, c'est ça. Elle m'a l'air gentille.

— Attends, Fonfon ! Tu vas pas t'y mettre, toi aussi. Y a déjà Honorine, alors pas la peine d'en rajouter.

— Je rajoute rien. Je dis les choses comme elles sont. Et au lieu d'aller vadrouiller je sais pas où, avec cette chaleur, tu devrais faire comme moi, te taper une bonne petite sieste. Comme ça, cette nuit...

— Tu fermes ?

— Tu me vois toute la sainte après-midi, à attendre qu'y en ait un qui rentre pour me boire une menthe à l'eau ! Je vais me gêner, vé ! Et demain, pareil. Et après-demain, pareil. Tant qu'y fera cette chaleur, c'est pas la peine de s'empoisonner la vie. T'es en congé, mon beau. Va dormir, va.

Je n'avais pas écouté Fonfon. J'aurais dû. La somnolence me gagnait. J'attrapai une cassette de Mongo Santamaria, et je l'enclenchai. *Mambo terrifico.* À fond. Et je donnai un léger coup d'accélérateur, histoire de laisser entrer un semblant d'air frais dans la voiture. Toutes fenêtres ouvertes, je dégoulinais quand même. Les plages, de la Pointe-Rouge au Rond-point de David, étaient noires de monde. Tout Marseille était là, le cul dans l'eau, comme disait Fonfon. Il avait raison de le fermer, le bar. Même les cinémas, pourtant climatisés, ne donnaient pas de séances avant cinq heures.

Moins d'une demi-heure après, j'étais garé devant l'immeuble de Babette. Les journées d'été à Marseille sont un bonheur. Pas de circulation en ville, pas de problème de stationnement. Je sonnai chez Mme Orsini. Elle faisait le ménage de l'appartement de Babette durant ses absences, s'assurait que rien ne clochait et lui réexpédiait le courrier. Je lui avais téléphoné pour m'assurer qu'elle serait là.

— Avec cette chaleur, ça risque pas que je sorte, vous voyez. Alors, passez quand vous voulez.

Elle m'ouvrit. Mme Orsini, il était impossible de lui donner un âge. Disons entre cinquante et soixante. C'était selon l'heure de la journée. Blonde décolorée jusqu'aux racines, pas très grande, plutôt rondelette, elle portait une robe légère, ample, qui, dans le contre-jour, donnait tout à voir d'elle. Au regard qu'elle m'adressa, je compris qu'elle n'aurait pas dédaigné de s'offrir une petite sieste avec moi. Je savais pourquoi Babette l'aimait bien. C'était une croqueuse d'hommes, elle aussi.

— Je vous offre un petit quelque chose ?

— Merci. J'ai juste besoin des clefs de l'appartement.

— C'est dommage.

Elle sourit. Moi aussi. Et elle me tendit les clefs.

— Ça fait longtemps que j'ai pas eu de ses nouvelles, à Babette.

— Elle va bien, mentis-je. Elle a beaucoup de travail.

— Elle est toujours à Rome ?

— Et avec son avocat.

Mme Orsini me regarda curieusement.

— Ah... Ah oui.

Six étages plus haut, je repris mon souffle devant la porte de chez Babette. L'appartement était tel que je m'en souvenais. Magnifique. Une immense baie vitrée donnait sur le Vieux-Port. Avec, au loin, les îles du Frioul. C'était la première chose que l'on voyait en entrant, et tant de beauté vous prenait à la gorge. J'en bus tout mon soûl. Une fraction de seconde. Parce que le reste n'était pas beau à voir. L'appartement était sens dessus dessous. On était passé avant moi.

Une bouffée de transpiration m'envahit. La chaleur. La présence soudaine du Mal. L'air me devint irrespirable. J'allai au robinet de la cuisine et laissai couler l'eau pour en boire une longue rasade.

Je fis le tour des pièces. Toutes avaient été fouillées, minutieusement me semblait-il, mais sans soin. Dans la chambre, je m'assis sur le lit de Babette, et, pensif, allumai une cigarette.

Ce que je cherchais n'existait pas. Babette était si imprévisible que même un carnet d'adresses, si elle en avait laissé un ici, ne conduirait à rien d'autre qu'à se perdre dans un labyrinthe de noms, de rues, de villes et de pays. C'est après être passé ici que mon interlocuteur avait appelé. Ce ne pouvait être que lui. Eux. La Mafia. Ses tueurs. Ils la cherchaient et, comme moi, ils avaient commencé par le début. Son domicile. Sans doute avaient-ils trouvé quelque chose qui les avait renvoyés vers moi. Puis les questions de Mme Orsini, à propos de Babette, me revinrent à l'esprit. Tout comme sa manière de me regarder ensuite. Ils étaient passés la voir, c'était sûr.

J'écrasai ma clope dans un affreux cendrier *Ricordo di Roma*. Mme Orsini me devait quelques explications. Je refis le tour de l'appartement, comme si j'allais avoir une idée lumineuse.

Dans la pièce qui servait de bureau, deux gros classeurs noirs à anneaux, posés par terre, attirèrent mon attention. J'ouvris le premier. Tous les reportages de Babette. Classés par année. Je la reconnaissais bien là. Dans cette manière qu'elle avait de faire œuvre, en quelque sorte. Une œuvre journalistique. Je souris. Et me surpris à feuilleter les pages, à remonter les années. Jusqu'à ce jour du mois de mars 1988 où elle était venue m'interviewer.

Son article y était. Une belle demi-page, avec ma photo au milieu sur deux colonnes.

« La pratique des contrôles au faciès est banale, avais-je répondu à sa première question. C'est elle, entre autres, qui nourrit la révolte de toute une partie de la jeunesse. Celle qui vit les pires difficultés sociales. Les comportements policiers vexatoires viennent légitimer ou conforter des attitudes délinquantes. Ils participent ainsi aux fondements d'un état de révolte et d'une perte de repères.

« Certains jeunes développent un sentiment de toute-puissance qui les conduit à refuser toute autorité et à vouloir imposer leur loi dans leur cité. La police est à leurs yeux l'un des symptômes de cette autorité. Mais, pour s'opposer efficacement à la délinquance, les policiers doivent être irréprochables dans leurs comportements. Le rap est devenu un mode d'expression pour les jeunes des cités, parce qu'il dénonce, le plus souvent, des comportements policiers humiliants, et il montre qu'on est loin du compte. »

Mes chefs n'avaient pas franchement apprécié ma tirade. Mais ils n'avaient pas moufté. Ils connaissaient mes points de vue. C'est même pour cette raison qu'ils m'avaient nommé à la tête des Brigades de surveillance de secteurs, dans les quartiers Nord de Marseille. En peu de temps, il y avait eu deux énormes bavures policières. Lahaouri Ben Mohamed, un jeune de dix-sept ans, s'était fait descendre lors d'un banal contrôle d'identité. L'effervescence avait gagné les cités. Puis, quelques mois après, en février, ce fut le tour d'un autre jeune, Christian Dovero, le fils d'un chauffeur de taxi. Et là, c'est toute la ville qui fut en émoi. « Un Français, merde ! », avait gueulé mon supérieur. Rétablir le calme, la sérénité devint l'urgence. Avant même que ne débarquent les officiers de l'I.G.P.N., la police des polices. Employer d'autres méthodes, tenir d'autres discours, c'est ce qui se concocta à la préfecture de police. On me sortit alors du chapeau. L'homme miracle.

Du temps, il m'en fallut, pour comprendre que je n'étais qu'une marionnette qu'on agitait en attendant de revenir aux bonnes vieilles méthodes. Humiliations, cassages de gueule, passages à tabac. Tout ce qui pouvait satisfaire ceux qui agitaient les crécelles sécuritaires.

Aujourd'hui, on y était revenu, à ces bonnes vieilles méthodes. Avec vingt pour cent des effectifs qui votaient Front National. La situation, dans les quartiers Nord, s'était retendue. Se tendait chaque jour. Il suffisait d'ouvrir le journal chaque matin. Écoles saccagées à Saint-André, agressions de médecins de nuit à La Savine, ou d'employés communaux à La Castellane, chauffeurs de bus menacés sur la ligne de nuit. Avec, souterrainement, la prolifération dans les cités de l'héroïne, du crack et de toutes ces saloperies qui dopaient les mômes de courage. Les mettaient à cran aussi. « Les deux fléaux de Marseille, gueulaient sans cesse les rapeurs marseillais du groupe IAM, c'est l'héro et le Front National. » Tous ceux qui côtoyaient d'assez près les jeunes sentaient l'explosion proche.

J'avais démissionné, et, je le savais, ce n'était pas la solution. Mais on ne changerait pas la police du jour au lendemain, à Marseille ou ailleurs. Être flic, qu'on le veuille ou non, c'était appartenir à une histoire. La rafle des Juifs au Vel' d'Hiv'. Le massacre des Algériens, jetés à la Seine, en octobre 61. Toutes ces choses-là. Tardivement reconnues. Et pas encore officiellement. Toutes ces choses-là qui avaient des effets sur les pratiques quotidiennes de pas mal de flics, dès lors qu'ils avaient affaire à des jeunes issus de l'immigration.

Je pensais ça. Depuis longtemps. Et j'avais *glissé*,

pour reprendre l'expression de mes collègues. À trop vouloir comprendre. Expliquer. Convaincre. « L'éducateur », me surnommait-on au commissariat de quartier. Quand on m'avait déchargé de mes fonctions, j'avais dit à mon chef que cultiver le subjectif, le sentiment d'insécurité, plutôt que l'objectif, l'arrestation des coupables, était une voie dangereuse. Il avait à peine souri. Il n'en avait plus rien à foutre de moi.

J'entendais, il est vrai, d'autres propos de la part de l'actuel gouvernement. Que la sécurité n'était pas seulement une question d'effectifs ou de moyens, mais une question de méthode. Ça me rassurait un peu d'entendre dire, enfin, que la sécurité n'était pas une idéologie. Juste la prise en compte de la réalité sociale. Mais il était trop tard pour moi. J'avais quitté les flics et, même si je ne savais rien faire d'autre, je ne reprendrais jamais du service.

Je sortis l'article de sa pochette, pour le déplier. Le parcourir complètement. Une petite feuille de papier blanc, jauni, s'envola. Babette avait écrit : « Montale. Beaucoup de charme, et intelligent. » Je souris. Sacrée Babette ! Je l'avais appelée après la parution de l'interview. Pour la remercier d'avoir reproduit fidèlement mes propos. Elle m'avait invité à dîner. Sans doute avait-elle déjà sa petite idée derrière la tête. Et, pourquoi le nier, j'avais accepté d'autant plus facilement qu'elle était mignonne à croquer, Babette. Mais j'étais loin d'imaginer qu'une jeune journaliste eût envie de séduire un flic déjà plus très jeune.

Ouais, admit mon ego en regardant ma photo une nouvelle fois, oui, du charme ce Montale. Je fis la grimace. C'était loin. Presque dix ans. Depuis, mes traits s'étaient épaissis, alourdis, et quelques rides au coin des yeux, le long des joues, s'étaient creusées. Plus le temps passait, et plus ce que je voyais dans la glace, chaque matin, me laissait perplexe. Je vieillissais, ce qui était normal, mais je trouvais que je vieillissais mal. Je m'en étais inquiété auprès de Lole, une nuit.

— Qu'est-ce que tu vas inventer encore, elle avait répliqué.

Je n'inventais rien.

— Tu me trouves beau ?

Je ne savais plus ce qu'elle avait répondu. Ni même si elle avait répondu. Dans sa tête, elle était déjà partie. Vers une autre vie. Vers un autre homme, quelque part. Une autre vie qui serait belle. Un autre homme qui serait beau.

Plus tard, j'avais vu une photo de son ami dans un magazine — même dans ma tête, je n'osais prononcer le nom de cet homme — et je l'avais trouvé beau. Mince, élancé, un visage émacié, les cheveux en broussaille, les yeux rieurs, et une jolie bouche — un peu en cul-de-poule, à mon goût — mais jolie quand même. Le contraire de moi. J'avais détesté cette photo, plus encore en imaginant que Lole puisse l'avoir glissée dans son portefeuille, à la place de la mienne. J'avais eu mal, d'imaginer ça. Jalousie, m'étais-je dit, et j'avais pourtant horreur de ce sentiment. Jalousie, oui. Et ça me pinçait méchamment le cœur rien que de penser que cette photo, ou une autre, Lole pouvait la sortir de son portefeuille, et la regarder, dès qu'il s'éloignait d'elle quelques jours, ou seulement quelques heures.

C'était une de ces nuits à la con où, dans son lit, tous les détails prennent une dimension démesurée, où l'on n'arrive plus à se raisonner, à comprendre, à admettre. J'avais connu ça plusieurs fois déjà, avec d'autres femmes. Mais jamais avec une douleur aussi intense. Lole qui s'en allait, c'était le sens de ma vie qui se faisait la malle. Qui s'était fait la malle.

Ma photo me regardait. J'eus envie d'une bière. Nous ne sommes beaux que par le regard de l'autre. De celui qui vous aime. Un jour, on ne peut plus dire à l'autre qu'il est beau, parce que l'amour a foutu le camp et que l'on n'est plus désirable. On peut alors enfiler sa plus belle chemise, couper ses cheveux, laisser pousser sa moustache, rien n'y changera. On n'aura droit qu'à un « ça te va bien », et non plus au « tu es beau » tant espéré, et prometteur de plaisir et de draps froissés.

Je remis l'article dans sa pochette et refermai le classeur. Maintenant, j'étouffais. Le rire de Sonia me retint une seconde devant la glace d'entrée. Est-ce que j'avais encore du charme, malgré tout ? Un avenir dans l'amour ? Je me fis une grimace dont j'ai le secret. Puis je retournai prendre les classeurs de Babette. Lire sa prose, je me dis, me changera les idées.

— Finalement, je prendrais bien une bière, je lançai à Mme Orsini quand elle rouvrit sa porte.

— Ah bon.

Cette fois-ci, il n'y avait pas de sous-entendu entre nous. Ses yeux se firent fuyants.

— Je ne sais plus si j'en ai au frais.

— Ce n'est pas grave.

Nous étions face à face. Je tenais les clefs de l'appartement dans ma main.

— Vous avez trouvé ce que vous cherchiez ? elle demanda en désignant du menton les deux gros classeurs.

— Peut-être.

— Ah.

Le silence qui suivit s'emplit de moiteur grasse.

— Elle a des ennuis ? finit par demander Mme Orsini.

— Qu'est-ce qui vous fait croire ça ?

— La police est venue. J'aime pas ça.

— La police ?

Un autre silence. Tout aussi étouffant. J'avais le goût de la première gorgée de bière sur la langue. Ses yeux se firent à nouveau fuyants. Avec un brin de peur tout au fond.

— Enfin... oui, ils m'ont montré une carte.

Elle mentait.

— Et ils vous ont posé des questions. Où était Babette ? Si vous l'aviez vue récemment ? Si vous lui connaissiez des amis à Marseille ? Tout ça, quoi.

— Tout ça, oui.

— Et vous leur avez filé mon nom, mon téléphone.

— Vous savez, avec la police.

Maintenant, elle aurait voulu que je m'en aille. Refermer la porte. Le haut de son front perlait de sueur. Une sueur froide.

— La police, hein ?

— Je sais pas moi, ces histoires, ça m'embête, quoi.

Je suis pas la concierge. Je fais ça pour lui rendre service, à Babette. C'est pas pour ce qu'elle me paye.

— Ils vous ont menacée ?

Ses yeux revinrent à moi. Étonnée par ma question, Mme Orsini. Affolée aussi par ce qu'elle sous-entendait. Ils l'avaient menacée.

— Oui.

— Pour que vous leur filiez mon nom ?

— Pour que je surveille l'appartement... Si quelqu'un vient, qui, pourquoi ? Pour que je réexpédie pas le courrier, aussi. Ils vont m'appeler tous les jours, ils ont dit. Et que j'avais intérêt à répondre.

Le téléphone sonna. À deux pas de nous. Il était posé sur un guéridon, avec un petit napperon en dentelle dessous. Mme Orsini décrocha. Je la vis pâlir. Elle me regarda, paniquée.

— Oui. Oui. Bien sûr.

Elle posa une main tremblante sur le combiné.

— C'est eux. C'est... c'est pour vous.

Elle me tendit le téléphone.

— Ouais.

— Tu t'es mis au travail, Montale. C'est bien. Mais tu perds ton temps, là. On est pressés, tu comprends.

— Je t'emmerde.

— La merde, c'est toi qui vas la bouffer. Dans pas longtemps, connard !

Et il raccrocha.

Mme Orsini me regardait. Terrorisée, elle était maintenant.

— Continuez à faire ce qu'ils vous ont demandé.

J'eus le désir de Sonia. Du sourire de Sonia. Des yeux

de Sonia. De son corps, qui m'était encore inconnu. Un désir fou d'elle. Et de me perdre en elle. D'oublier en elle toute cette saloperie du monde qui gangrenait nos vies.

Car j'avais encore quelques illusions.

4

Où les larmes sont
le seul remède contre la haine

Je pris une bière, puis deux, puis trois. J'étais à l'ombre, à la terrasse de La Samaritaine, sur le port. Ici, il y avait toujours un peu d'air de la mer. Ce n'était pas à dire vrai de l'air frais, mais c'était suffisant pour ne pas dégouliner de transpiration à chaque gorgée de bière. J'étais bien ici. À la plus belle terrasse du Vieux-Port. La seule où l'on peut jouir, du matin jusqu'au soir, de la lumière de la ville. On ne comprendra jamais Marseille si l'on est indifférent à sa lumière. Ici, elle est palpable. Même aux heures les plus brûlantes. Même quand elle oblige à baisser les yeux. Comme aujourd'hui.

Je commandai une autre bière, puis partis téléphoner une nouvelle fois à Sonia. Il était maintenant près de huit heures, et j'avais appelé chez elle toutes les demi-heures sans succès.

Le désir de la revoir devenait plus grand au fur et à mesure que le temps passait. Je ne la connaissais pas, Sonia, et elle me manquait déjà. Qu'est-ce qu'elle avait pu raconter à Honorine et à Fonfon pour les séduire aussi rapidement ? Qu'est-ce qu'elle avait bien pu me raconter, à moi, pour me mettre dans un tel état ? Comment une femme pouvait-elle s'introduire aussi simplement dans le cœur d'un homme, juste par des regards, des sourires ? Est-ce qu'il était possible de caresser le cœur sans même seulement effleurer la peau ? C'était sans doute cela séduire. S'immiscer dans le cœur de l'autre, le faire vibrer, pour se l'attacher. Sonia.

Son téléphone sonnait toujours dans le vide, et cela commençait à me désespérer. Je me sentais comme un adolescent amoureux. Fébrile. Impatient d'entendre la voix de sa petite copine. Une des raisons du succès des téléphones portables, je me dis, tenait aussi à ça. De pouvoir être lié à l'être qu'on aime, n'importe où, à n'importe quel moment. Pouvoir lui dire, oui je t'aime, oui tu me manques, oui à ce soir. Mais moi, je ne me voyais pas avec un portable, et je ne comprenais rien à ce qui m'arrivait avec Sonia. À dire vrai, je ne me souvenais même plus du son de sa voix.

Je retournai à ma table, et me replongeai dans les articles de Babette. J'en avais déjà lu six, de ses reportages. Ils tournaient tous autour de la justice, des cités, de la police. Et de la Mafia. Surtout les plus récents. Babette avait rendu compte pour le journal *Aujourd'hui* de la conférence de presse à Genève de sept juges européens : Renaud Van Ruymbeke (France), Bernard Bertossa (Suisse), Gherardo Colombo et Edmondo Bruti Liberati (Italie), Baltazar Garzon Real et Carlos Jimenez Villarejo (Espagne) et Benoît Dejemeppe (Belgique). « Sept juges en colère contre la corruption » avait-elle titré. L'article datait d'octobre 1996.

« Les juges, écrivait Babette, sont excédés par le fait que l'entraide juridique est inexistante ou ralentie par les politiques, qu'une organisation criminelle n'a qu'à verser une commission de 200 000 dollars pour en blanchir 20 millions, que l'argent de la drogue (1 500 milliards de francs chaque année) emprunte sans trop d'accrocs les circuits internationaux pour se réinvestir à 90 % dans les économies occidentales.

« Pour Bernard Bertossa, procureur général de Genève, poursuivait Babette, "il est temps de créer une Europe de la justice où n'existeraient pas seulement la libre circulation des délinquants et des capitaux qu'ils manipulent, mais aussi la libre circulation des preuves".

« Mais les juges savent que leur cri d'alarme bute sur l'attitude schizophrène des gouvernements européens. "Il faut en finir avec les paradis fiscaux, ces lessiveuses de l'argent sale ! On ne peut pas à la fois édicter des normes et offrir les moyens de les contourner !" s'exclame le juge Baltazar Garzon Real, dont chaque affaire qui aboutit à Gibraltar, à Andorre ou à Monaco finit enterrée. "Il suffit aujourd'hui d'interposer des sociétés panaméennes bidon et de multiplier les écrans, et l'on ne peut rien faire, même si l'on sait pertinemment que c'est de l'argent de la drogue", note Renaud Van Ruymbeke. »

Le soir tombait, sans pour autant apporter un peu de fraîcheur. J'en avais ma claque. De lire et d'attendre. À ce train-là, j'allais encore être bourré quand je reverrais Sonia. Si elle daignait enfin répondre.

En vain encore, un quart d'heure après.

J'appelai Hassan.

— Ça va ? il me demanda.

Ferré chantait derrière lui :

Quand la machine a démarré
Quand on n'sait plus bien où l'on est
Et qu'on attend c'qui va s'passer...

— Pourquoi ça n'irait pas ?

— Vu dans quel cirage t'étais, cette nuit.

— J'ai pas trop déconné ?

— Jamais vu quelqu'un encaisser avec autant d'aplomb.

— T'es trop bon, Hassan !

Et qu'on attend c'qui va s'passer...

— Chouette fille, Sonia, hein ?

Même Hassan s'y mettait.

— Sûr, je fis, l'imitant. Dis, justement, tu sais pas où elle crèche, Sonia ?

— Vouiii..., dit-il en avalant une gorgée de quelque chose. Rue Consolat. 24, ou 26, je sais plus. Mais c'est pair. Sûr. Les impairs, j'arrive toujours à me les rentrer dans la tête.

Il rigola, tout en buvant encore un coup.

— T'en es où ? je demandai, par curiosité.

— Bière.

— Moi aussi. Et c'est quoi son nom, à Sonia ?

— De Luca.

Italienne. Merde. Ça faisait une éternité. Depuis Babette, je les évitais, les Italiennes.

— T'as croisé son père quelque fois, ici. Docker, il était. Attilio. Tu vois qui ? Pas très grand. Chauve.

— Putain, oui ! C'est son père ?

— Ben oui. (Il avala une nouvelle gorgée.) Bon, si je la vois, Sonia, je lui dis que t'enquêtes sur elle ?

Il rigola encore. J'ignorais à quelle heure il avait commencé, Hassan, mais il tenait la forme.

— C'est ça. Allez, à un de ces soirs. Ciao.

Sonia, c'était au 28 qu'elle habitait.

J'appuyai un léger coup sur la sonnette d'entrée. La porte s'ouvrit. Mon cœur se mit à battre. Premier étage, était-il écrit sur la boîte aux lettres. Je grimpai les marches quatre à quatre. Je frappai quelques petits coups à la porte. La porte s'ouvrit. Et se referma derrière moi.

Deux hommes me faisaient face. L'un d'eux me montra sa carte.

— Police. Qui êtes-vous ?

— Qu'est-ce que vous faites là ?

Mon cœur se remit à battre. Mais pour d'autres raisons. J'imaginais le pire. Et me dis que, oui, bien sûr, dès que l'on détourne la tête, ne serait-ce qu'un instant, la vie aligne ses coups tordus. Strate sur strate. Comme un millefeuille. Un couche de crème, une couche de pâte brisée. De vie brisée. Saloperie de merde. Le pire, non, je ne l'imaginais pas. Je le devinais. Mon cœur cessa de battre. Et je retrouvai l'odeur de la mort. Pas celle qui flottait dans ma tête, que je croyais sentir sur moi. Non, l'odeur de mort, bien réelle. Et celle du sang, qui l'accompagne souvent.

— Je vous ai posé une question.

— Montale. Fabio Montale. J'avais rendez-vous avec Sonia, mentis-je à demi.

— Je descends, Alain, dit l'autre flic.

Il était livide.

— O.K. Bernard. Ils vont pas tarder à arriver.

— Qu'est-ce qui se passe ? dis-je pour me rassurer.

— Vous êtes son... (Il me regarda de la tête au pieds. Évaluant mon âge. Estimant celui de Sonia. Une bonne vingtaine d'années d'écart, dut-il conclure.) Son ami ?

— Oui. Un ami.

— Montale, vous avez dit ?

Il resta pensif quelques instants. Ses yeux m'examinèrent à nouveau.

— Oui. Fabio Montale.

— Elle est morte. Assassinée.

Mon estomac se noua. Je sentis une boule se former au creux de mon ventre. Lourde. Et qui se mit à monter et à descendre dans mon corps. À remonter jusqu'à la gorge. La nouant. M'étouffant. J'étouffais. Me laissant muet. Sans rien à dire. Comme si tous les mots s'en étaient retournés à leur préhistoire. Au fond des cavernes. Là d'où l'humanité n'aurait jamais dû sortir. Au commencement était le pire. Et le cri primal du premier homme. Désespéré, sous l'immense voûte étoilée. Désespéré de comprendre, là, écrasé par tant de beauté, qu'un jour, oui un jour, il tuerait son frère. Au commencement étaient toutes les raisons de tuer. Avant même qu'on ne puisse les nommer. L'envie, la jalousie. Le désir, la peur. L'argent. Le pouvoir. La haine. La haine de l'autre. La haine du monde.

La haine.

Envie de crier. De hurler.

Sonia.

La haine. La boule s'arrêta de monter et de descendre. Le sang se retira de mes veines. Se rassembla dans cette boule, si lourde maintenant, qui me pesait sur le ventre. Un froid glacial m'envahit. La haine. Il me faudrait vivre avec ce froid. La haine. Sonia.

— Sonia, je murmurai.

— Ça va ? me demanda le flic.

— Non.

— Asseyez-vous.

Je m'assis. Dans un fauteuil que je ne connaissais pas. Dans un appartement que je ne connaissais pas. Chez une femme que je ne connaissais pas. Et qui était morte. Assassinée. Sonia.

— Comment ? je demandai.

Le flic me tendit une cigarette.

— Merci, je dis, en l'allumant.

— La gorge tranchée. Sous la douche.

— Un sadique ?

Il haussa les épaules. Ça voulait dire non. Ou peut-être non. Si elle avait été violée, il l'aurait dit. Violée, puis assassinée. Il avait juste dit assassinée.

— J'ai été flic aussi. Il y a longtemps.

— Montale. Ouais... Depuis tout à l'heure, je me disais... Quartiers Nord, c'est ça ?

Il me tendit la main.

— Moi, c'est Béraud. Alain Béraud. Vous n'aviez pas que des amis...

— Je sais. Un seul. Loubet.

— Loubet. Ouais... Il a été muté. Il y a six mois.

— Ah.

— Saint-Brieuc, Côtes-d'Armor. Pas vraiment une promotion.

— J'imagine.

— Pas beaucoup d'amis, lui non plus.

On entendit une sirène de police. L'équipe allait débarquer. Relevé d'empreintes. Photographie des lieux. Du corps. Analyse. Déposition. Procès-verbal. La routine. Un crime de plus.

— Et vous ?

— J'ai travaillé pour lui. Six mois. C'était bien. Il était réglo.

Dehors, la sirène hurlait toujours. Le car de police, sans doute, ne trouvait pas où se garer. La rue Consolat était étroite, et tout le monde stationnait où bon lui semblait, c'est-à-dire n'importe où, n'importe comment.

Parler me faisait du bien. Je repoussai les images de Sonia, la gorge tranchée, qui commençaient à affluer dans ma tête. Un flux impossible à maîtriser. Comme dans les nuits d'insomnie, quand on se laisse envahir par ce film où l'on voit la femme que l'on aime dans les bras d'un autre homme, en train de l'embrasser, de lui sourire, de lui dire je t'aime, en train de jouir, et de murmurer c'est bon, oui, c'est bon. C'est le même visage. Les mêmes crispations de plaisir. Les mêmes soupirs. Les mêmes mots. Et ce sont les lèvres d'un autre. Les mains d'un autre. Le sexe d'un autre.

Lole était partie.

Et Sonia était morte. Assassinée.

La plaie béante, dégoulinant de sang épais, cailloteux, sur ses seins, son ventre, formant une petite flaque à l'endroit du nombril, puis dégoulinant encore entre ses

— La garderie vous a appelés. C'est ça ?

— Non. À la garderie, ils se sont inquiétés. Elle était toujours à l'heure. Jamais un retard. Alors, ils ont appelé le grand-père du gamin et...

Attilio, je pensais. Béraud fit une pause. Pour que j'enregistre l'information qu'il me donnait. Le grand-père, pas le père. Il avait à nouveau confiance.

— Pas le père ? je dis.

Il haussa les épaules.

— Le père... Ils ne l'ont jamais vu. Le grand-père a râlé. Il avait déjà gardé le gamin hier soir, et devait encore le garder cette nuit.

Béraud laissa passer un silence. Un silence dans lequel, Sonia et moi, nous nous retrouvions pour passer la nuit ensemble, cette fois-ci.

— Elle devait le faire manger, lui faire prendre son bain. Et...

Il me regarda presque avec tendresse.

— Et ?

— Il est allé chercher le gamin à la garderie, l'a ramené chez lui. Puis il a essayé de joindre sa fille au bureau. Mais elle était partie. À la même heure, comme d'habitude. Alors, il a appelé ici, se disant qu'avec cette chaleur, Sonia était rentrée prendre une douche et que... En vain. Alors il s'est inquiété, et il a téléphoné à la voisine. Elles se rendaient quelques services. Quand elle est venue frapper à la porte, elle était entrouverte. C'est elle qui nous a prévenus, la voisine.

L'appartement se remplit de bruits, de voix.

— Bonsoir, commissaire, dit Béraud en se levant.

Je levai les yeux. Une grande jeune femme se tenait

devant moi. En jeans et en tee-shirt noirs. Une belle femme. Je me décollai tant bien que mal du fauteuil dans lequel j'étais assis.

— C'est le témoin ? elle demanda.

— Un ancien de la maison. Fabio Montale.

Elle me tendit sa main.

— Commissaire Pessayre.

Sa poignée de main était ferme. Et sa paume chaude. Chaleureuse. Ses yeux, noirs, étaient vifs. Pleins de vie. De passion. On resta une fraction de seconde à se regarder. Le temps de croire que la justice pouvait abolir la mort. Le crime.

— Vous allez me raconter.

— Je suis fatigué, je dis, en me rasseyant. Fatigué.

Et mes yeux s'embuèrent de larmes. Enfin.

Les larmes, c'était le seul remède contre la haine.

5

Où même ce qui ne sert à rien
peut être bon à dire,
et bon à entendre

Je n'avais pas craché sur les étoiles. Je n'avais pas pu.

Au large des îles de Riou, j'avais coupé le moteur et laissé flotter le bateau. À cet endroit, approximatif, où mon père, me tenant sous les aisselles, m'avait trempé pour la première fois dans la mer. J'avais huit ans. L'âge d'Enzo. « N'aie pas peur, disait-il. N'aie pas peur. » Je n'avais pas eu d'autre baptême. Et quand la vie me faisait mal, c'est toujours vers ce lieu que je revenais. Comme pour tenter, là, entre mer et ciel, de me réconcilier avec le reste du monde.

Après le départ de Lole, j'y étais venu aussi. Jusque-là. Toute une nuit. Toute une nuit à énumérer tout ce que je pouvais me reprocher. Parce qu'il fallait que cela soit dit. Au moins une fois. Et même au néant. C'était un 16 décembre. Le froid me glaça jusqu'aux os. Malgré les longues rasades de Lagavulin que je m'envoyais tout en pleurant. En rentrant, à l'aube, j'avais eu le sentiment de revenir du pays des morts.

Seul. Et dans le silence. Des guirlandes d'étoiles m'enveloppaient. La voûte qu'elles dessinaient dans le ciel bleu-noir. Mais aussi son reflet sur la mer. Seul mouvement, celui de mon bateau clapotant sur l'eau.

Je restai ainsi, sans bouger. Les yeux fermés. Jusqu'à sentir enfin se dénouer en moi cette boule de dégoût et de tristesse qui m'oppressait. L'air frais, ici, rendait à ma respiration son rythme humain. Libéré de sa longue angoisse de vivre et de mourir.

Sonia.

— Elle est morte. Assassinée, leur avais-je dit.

Fonfon et Honorine jouaient au rami sur la terrasse. Le jeu de cartes préféré d'Honorine. Où elle gagnait toujours, parce qu'elle aimait gagner. Où Fonfon la laissait gagner, parce qu'il aimait voir sa joie à gagner. Fonfon avait un pastis devant lui. Honorine un fond de Martini. Ils avaient levé leurs yeux vers moi. Étonnés de me voir rentrer si tôt. Inquiets, forcément. Et j'avais juste dit ça :

— Elle est morte. Assassinée.

Je les avais regardés, puis, une couverture et mon blouson sous le bras, la bouteille de Lagavulin dans l'autre main, j'avais traversé la terrasse, descendu les marches jusqu'au bateau, et je m'étais jeté dans la nuit. Me disant, comme chaque fois, que cette mer, offerte par mon père comme un royaume, allait m'échapper pour toujours à force de venir y déposer tous les coups tordus du monde et des hommes.

Quand j'ouvris les yeux, dans le scintillement des étoiles, je sus qu'il n'en serait rien, cette fois-ci encore. Le cours du monde, me sembla-t-il, s'était arrêté. La vie était suspendue. Sauf dans mon cœur où, à cet instant, quelqu'un pleurait. Un enfant de huit ans et son grand-père.

J'avalai une longue rasade de Lagavulin. Le rire d'abord, puis la voix de Sonia résonnèrent dans ma tête.

Tout se remettait en place. Avec précision. Son rire. Sa voix. Et ses mots.

— Il y a un endroit qu'on appelle *l'eremo Dannunziano*. C'est un belvédère où Gabriele D'Annunzio a souvent séjourné...

Elle s'était mise à parler de l'Italie. Des Abruzzes, son pays. De cet espace de côte entre Ortona et Vasto qui, pour elle, « était unique au monde ». Sonia était intarissable, et je l'avais écoutée, laissant son plaisir couler en moi avec le même bonheur que les verres d'anis que j'ingurgitais sans plus réfléchir.

— Le *Turchino,* elle s'appelle la plage où j'ai passé mes étés, quand j'étais gosse. *Turchino,* de la couleur de ses eaux turquoises... C'est plein de galets et de bambous. On peut faire des petites jonques avec les feuilles, ou des cannes à pêche, tu vois...

Je voyais, oui. Et je sentais. L'eau coulant sur ma peau. Sa douceur. Et le sel. Le goût des corps salés. Oui, je voyais tout ça, à portée de ma main. Comme l'épaule nue de Sonia. Aussi ronde, et aussi douce à caresser, que les galets polis par la mer. Sonia.

— Et puis, il y a une ligne de chemin de fer qui descend jusqu'à Foggia...

Ses yeux caressèrent mes yeux. Une invitation à prendre ce train, à se laisser glisser vers la mer. Dans le *Turchino.*

— La vie est très simple là-bas, Fabio, seulement rythmée par le son du train qui passe, le bruit de la mer, les carrés de pizza *al taglio* pour midi, et, avait-elle ajouté en riant, *una gerla alla strasciatella per me* vers le soir...

Sonia.

Sa voix, rieuse. Ses paroles, comme un flot de joie de vivre.

Moi, je n'étais jamais retourné en Italie depuis l'âge de neuf ans. Mon père nous y avait emmenés, ma mère et moi, dans son village. À Castel San Giorgio, près de Salerne. Il voulait revoir sa mère, au moins une dernière fois. Il voulait que sa mère voie l'enfant que j'étais. Je lui avais raconté ça, à Sonia. Et que j'avais piqué la plus grosse colère de ma vie, parce que j'en avais marre de manger des pâtes midi et soir, tous les jours.

Elle avait ri.

— J'ai envie de ça, aujourd'hui. D'y emmener mon fils, en Italie. À Foggia. Comme l'a fait ton père avec toi.

Le gris-bleu de ses yeux s'était levé vers moi, lentement. Comme une aube. Elle avait attendu ma réaction, Sonia. Un fils. Comment avais-je fait pour oublier qu'elle m'avait parlé de son fils ? D'Enzo. Comment même ne me l'étais-je pas rappelé tout à l'heure, quand les flics m'interrogeaient ? Qu'est-ce que je n'avais pas voulu entendre, quand elle avait dit ça : « Mon fils » ?

Je n'avais jamais désiré d'enfant. D'aucune femme. Par peur de ne pas savoir être un père. De ne pas savoir donner, non pas assez d'amour, mais suffisamment de confiance dans ce monde, dans les hommes, dans l'avenir. Je ne voyais aucun avenir aux enfants de ce siècle. Sans doute, mes trop longues années passées chez les flics avaient altéré ma vision de la société. J'avais vu plus de gamins tomber dans la dope, les petits casses, puis les gros, et finir en taule, que réussir leur vie. Même ceux qui aimaient l'école, qui y réussissaient, se retrouvaient, un jour, au fond de l'impasse. Et, ou ils se tapaient la tête contre le mur, à en crever, ou ils se retournaient, pour faire face, et se révoltaient contre cette injustice qu'on leur faisait. Et on en revenait à la violence, aux armes. Et à la taule.

La seule femme dont j'aurais aimé avoir un enfant, c'était Lole. Mais nous nous étions dit que nous n'en voulions pas. Trop vieux, cela avait été notre prétexte. Pourtant, il m'était souvent arrivé, quand nous faisions l'amour, d'espérer qu'elle aurait renoncé, sans me le dire, à prendre la pilule. Et qu'elle m'annoncerait, un jour, un sourire tendre sur les lèvres : « J'attends un enfant, Fabio. » Comme un cadeau, pour nous deux. Pour notre amour.

Je savais que j'aurais dû le lui dire, ce désir. Lui dire aussi que je voulais l'épouser. Qu'elle soit ma femme, vraiment. Peut-être aurait-elle dit non. Mais tout aurait été clair entre nous. Parce que le oui et le non auraient été échangés, dans la simplicité du bonheur de vivre ensemble. Mais j'avais gardé le silence. Et elle aussi, forcément. Jusqu'à ce que ce silence nous éloigne l'un de l'autre, nous sépare.

J'avais fini mon verre au lieu de répondre, et Sonia avait continué :

— Son père m'a laissée tomber. Il y a cinq ans. Il n'a jamais donné signe de vie.

— C'est dur, je me souvenais avoir répondu.

Elle avait haussé les épaules.

— Quand un mec laisse tomber son gamin, sans plus s'en soucier... Cinq ans, tu vois, même pas à Noël, même

73

pas à son anniversaire, ben, c'est mieux comme ça. Ç'aurait pas été un bon père.

— Mais un enfant, ça a besoin d'un père !

Sonia m'avait regardé, silencieuse. Nous transpirions par tous les pores. Moi plus qu'elle. Sa cuisse, toujours contre la mienne, avait allumé en moi un feu que j'avais cru oublié. Un brasier.

— Je l'ai élevé. Seule. Avec l'aide de mon père, c'est vrai. Peut-être, un jour, je rencontrerai un type que j'aurai du bonheur à lui présenter, à Enzo. Ce type-là, ça ne sera jamais son père, non, mais, je crois, il pourra lui apporter tout ce dont un enfant a besoin pour grandir. De l'autorité et de la tendresse. La confiance aussi. Et des rêves d'homme. De beaux rêves d'homme...

Sonia.

J'avais eu envie de la prendre dans mes bras. À ce moment-là. De la serrer contre moi. Elle s'était dégagée, gentiment, en riant.

— Fabio.

— D'accord, d'accord.

Et j'avais levé les mains au-dessus de ma tête, pour bien montrer que je ne la toucherais pas.

— On boit un dernier verre, et on va se baigner. D'accord ?

J'avais envisagé de l'emmener sur mon bateau, Sonia, pour aller nager au large. Dans les eaux profondes. Là où je me trouvais à cet instant. Et cela m'étonnait maintenant de lui avoir proposé ça, à Sonia. Je venais à peine de la rencontrer. Mon bateau, c'était mon île déserte. Ma solitude. Je n'y avais emmené que Lole. La nuit où elle est venue s'installer chez moi. Et Fonfon et Honorine, tout récemment. Jamais aucune femme n'avait mérité de monter sur ce bateau. Même pas Babette.

— Sûr, avait dit Hassan quand je lui avais fait signe de nous resservir.

Coltrane jouait. J'étais complètement ivre, mais j'avais reconnu *Out of This World*. Quatorze minutes qui pouvaient consumer toute une nuit. Hassan n'allait sans doute pas tarder à fermer, avais-je réalisé. Coltrane, toujours, pour accompagner chacun de ses clients. Vers leurs amours. Vers leur solitude. Coltrane, pour la route.

Je fus bien incapable de me lever de la chaise.

— Tu es belle, Sonia.

— Et toi, t'es bourré, Fabio.

Nous avions éclaté de rire.

Le bonheur. Possible. Toujours.

Le bonheur.

Le téléphone sonnait quand je rentrai. Deux heures dix. Enfoiré, me dis-je en pensant à n'importe qui pouvant oser téléphoner à pareille heure. Je laissai sonner. À l'autre bout, on renonça.

Le silence. Je n'avais pas sommeil. Et j'avais faim. Dans la cuisine, Honorine m'avait laissé un petit mot. Appuyé à une cocotte en terre, où elle mijotait ses daubes et ses ragoûts. « C'est de la soupe au pistou. Même froide, c'est bon. Alors, mangez un petit peu, quand même. Je vous embrasse fort. Et Fonfon aussi, il vous embrasse. » À côté, dans une petite assiette, elle avait mis du fromage râpé, au cas où.

La soupe au pistou, il y avait mille façons de la préparer, sans doute. À Marseille, tout le monde disait : « Ma mère la faisait comme ça », et la cuisinait donc à sa manière. C'était chaque fois un goût différent. Selon les légumes qu'on y mettait. Selon, surtout, comment on avait su doser l'ail et le basilic, puis la pommade des deux avec la pulpe de petites tomates ébouillantées dans l'eau de cuisson des légumes.

Honorine réussissait la meilleure de toutes les soupes au pistou. Haricots blancs, haricots rouges, haricots verts plats, quelques pommes de terre et des macaronis. Elle laissait cuire à feu doux tout le matin. Après, elle s'attaquait au pistou. À piler dans un vieux mortier en bois, l'ail et les feuilles de basilic. Là, il ne fallait surtout pas la déranger, Honorine. « Oh ! si vous restez là, comme un santon, à rien que me regarder, je vais pas y arriver. »

Je mis la cocotte sur le feu, doucement. La soupe au pistou, c'était encore mieux quand elle réchauffait une ou deux fois. J'allumai une cigarette et me servis un fond de vin rouge de Bandol. Un Tempier 91. Ma dernière bouteille de cette année-là. La meilleure peut-être.

Est-ce que Sonia avait parlé de tout ça avec Honorine ? Avec Fonfon ? De sa vie de femme seule. De mère abandonnée. D'Enzo. Comment Sonia avait-elle pu comprendre que je n'étais pas un homme heureux ? « Malheureux », avait-elle dit à Honorine. Je ne lui avais rien raconté de Lole, j'en étais sûr. Mais j'avais parlé de moi, ça oui. Longuement même. De ma vie, depuis que j'étais revenu de Djibouti, depuis ce moment où j'étais devenu flic.

Lole, c'était mon drame. Pas un malheur. Mais son départ était peut-être une des conséquences de ma manière de vivre. De penser la vie. Je vivais trop, et depuis trop longtemps, sans y croire, à la vie. Est-ce que, sans vraiment faire gaffe, j'avais basculé dans le malheur ? Est-ce que, à force de croire que les petits riens de chaque jour suffisent à donner du bonheur, je n'avais pas renoncé à tous mes rêves, mes vrais rêves ? À l'avenir, du même coup ? Je n'avais aucun lendemain quand l'aube, comme à cet instant, se levait. Je n'avais jamais pris la mer sur un cargo. Je n'étais jamais parti à l'autre bout du monde. J'étais resté ici, à Marseille. Fidèle à un passé qui n'existait plus. À mes parents. À mes amis disparus. Et chaque nouvelle mort d'un proche ajoutait du plomb à mes semelles, et dans ma tête. Prisonnier de cette ville. Je n'étais même pas retourné en Italie, à Castel San Giorgio...

Sonia. Peut-êre l'aurais-je accompagnée là-bas, dans les Abruzzes, avec Enzo. Peut-être l'aurais-je alors emmenée — ou bien est-ce elle qui m'y aurait poussé ? — jusqu'à Castel San Giorgio, et je leur aurais fait aimer, à tous les deux, ce beau pays qui était aussi le mien. Autant le mien que cette ville où j'étais né.

J'avais avalé une assiette de soupe, juste tiède, comme je l'aime. Honorine s'était encore surpassée. Je finis le vin. J'étais prêt à dormir. À affronter tous les cauchemars. Les images de mort qui dansaient dans ma tête. Au réveil, j'irais voir le grand-père. Attilio. Et Enzo. Je leur dirais : « Je suis le dernier homme que Sonia a rencontré. Je n'en suis pas sûr, mais je crois qu'elle m'aimait bien. Et moi aussi, je l'aimais bien. » Ça ne servirait à rien, mais ça ne faisait pas de mal à le dire, et ça ne pouvait pas faire de mal à entendre.

Le téléphone se remit à sonner.

Je décrochai avec colère.

— Merde ! je gueulai, prêt à raccrocher.

— Montale, dit la voix.

Cette voix dégueulasse, que j'avais déjà entendue deux fois hier. Froide, malgré son léger accent italien.

— Montale, répéta la voix.

— Ouais.

— Cette fille, Sonia, c'est juste pour te faire comprendre. Comprendre qu'on plaisante pas.

— Quoi ! je gueulai.

— C'est rien qu'un début, Montale. Un début. T'es un peu dur de l'oreille. Un peu trop con aussi. On va continuer. Tant que tu la trouveras pas, la fouille-merde. T'entends ça ?

— Salauds ! je hurlai. Puis de plus en plus fort : Pourriture de merde ! Enculé ! Saloperie de ta race ! Fumier !

À l'autre bout, le silence. Mais mon interlocuteur n'avait pas raccroché. Quand je n'eus plus de souffle, la voix reprit :

— Montale, un à un on va les tuer, tes amis. Tous. Un à un. Jusqu'à ce que tu la trouves, la petite Bellini. Et si tu magnes pas ton cul, quand on sera au bout, toi, tu regretteras d'être encore vivant. T'as le choix, tu vois.

— O.K., je dis, complètement vidé.

Les visages de mes amis défilèrent à toute vitesse devant mes yeux. Jusqu'à ceux de Fonfon, et d'Honorine. « Non, pleurait mon cœur, non. »

— O.K., je répétai tout bas.

— On te rappelle ce soir.

Il raccrocha.

— Je vais le tuer, cet enfoiré de merde ! je hurlai. Je vais te tuer ! Te tuer !

Je me retournai, et je vis Honorine. Elle avait enfilé le peignoir que je lui avais offert à Noël. Ses mains étaient croisées sur son ventre. Ses yeux me regardaient, affolés.

— Je croyais que vous faisiez des cauchemars. Vé, les cris que vous poussez.

— Les cauchemars n'existent que dans la vie, je dis.

Ma haine était revenue. Et avec elle, cette puanteur d'odeur de mort.

Je sus que ce type-là, il faudrait que je le tue.

6

Où ce sont souvent des amours secrètes, celles qu'on partage avec une ville

Le téléphone sonnait. Neuf heures dix. Merde ! Le téléphone n'avait jamais autant sonné dans cette maison. Je décrochai, m'attendant au pire. Ce seul geste me recouvrit de transpiration. Il faisait de plus en plus chaud. Même avec les fenêtres ouvertes, pas le moindre souffle d'air n'entrait.

— Ouais, dis-je avec mauvaise humeur.

— Commissaire Pessayre, bonjour. Vous êtes toujours d'aussi mauvais poil, le matin ?

J'aimais bien cette voix-là. Basse, un peu traînante.

— C'est juste pour refroidir les démarcheurs de cuisine Vogica !

Elle rit. Il y avait de la rocaille dans son rire. Elle devait être du Sud-Ouest, cette femme. Ou quelque part par là.

— On peut se voir ? Ce matin.

La voix était la même, chaleureuse. Mais elle ne laissait aucune place à un refus. C'était oui. Et ce serait obligatoirement ce matin.

— Quelque chose ne va pas ?

— Non, non... Nous avons vérifié vos déclarations. Et

votre emploi du temps. Vous n'êtes pas parmi les suspects, rassurez-vous.

— Merci.

— J'ai... Disons que j'aimerais bavarder avec vous, de choses et d'autres.

— Ah ! dis-je faussement enjoué. Si c'est une invitation, pas de problème.

Cela ne la fit pas rire. Et cela me rassura, qu'elle ne soit pas dupe. Cette femme avait du tempérament et, comme j'ignorais la tournure que prendraient les événements, il valait mieux savoir sur qui compter. Chez les flics, évidemment.

— Onze heures.

— Dans votre bureau ?

— Je ne crois pas que vous y teniez, n'est-ce pas ?

— Pas vraiment.

— Au fort Saint-Jean ? Et on marchera un peu, si vous voulez.

— J'aime bien cet endroit.

— Moi aussi.

J'avais suivi la Corniche. Pour ne pas perdre la mer des yeux. Il y a des jours comme ça. Où je ne peux me résoudre à entrer autrement dans le centre-ville. Où j'ai besoin que la ville vienne à moi. C'est moi qui bouge, mais c'est elle qui se rapproche. Si je le pouvais, Marseille, je n'y viendrais que par la mer. L'entrée dans le port, une fois passé l'anse de Malmousque, me procurait chaque fois de belles émotions. J'étais Hans, le marin d'Édouard Peisson. Ou Cendrars, revenant de Panama. Ou encore Rimbaud, « ange frais débarqué sur le port hier matin ». Toujours se rejouait ce moment où Protis, le Phocéen, entrait dans la rade, les yeux éblouis.

La ville, ce matin, était transparente. Rose et bleue, dans l'air immobile. Chaud déjà, mais pas encore poisseux. Marseille respirait sa lumière. Comme les consommateurs, à la terrasse de La Samaritaine, la buvaient, avec insouciance, jusqu'à la dernière goutte de café au fond de leur tasse. Bleu des toits, rose de la mer. Ou l'inverse. Jusqu'à midi. Après, le soleil écrasait tout, quelques heures. L'ombre comme la lumière. La ville devenait opaque. Blanche. C'était à ce moment que Marseille se parfumait d'anis.

Je commençais d'ailleurs à avoir soif. D'un pastis bien frais, à une terrasse ombragée. Celle de chez Ange, par exemple, place des Treize-Coins, dans le vieux quartier du Panier. Mon ancienne cantine, quand j'étais flic.

— C'est là que j'ai appris à nager, je lui dis, en désignant l'entrée du port.

Elle sourit. Elle venait de me rejoindre au pied du fort Saint-Jean. D'un pas décidé. Une cigarette aux lèvres. Elle portait un jeans et un tee-shirt, comme la veille. Mais dans les tons blanc cassé. Ses cheveux, auburn, étaient relevés sur la nuque en un petit chignon. Au fond de ses yeux, noisette sombre, brillait de la malice. On pouvait lui donner dans les trente ans. Mais elle devait en avoir dix de plus, madame la commissaire.

Je lui montrai l'autre rive.

— Il fallait traverser et revenir, pour être un homme. Et prétendre faire du gringue aux filles.

Elle sourit une nouvelle fois. Dévoilant, ce coup-ci, deux jolies fossettes dans ses joues.

Devant nous, trois couples de retraités, à la peau tannée, s'apprêtaient à plonger. Des habitués. Ils se baignaient là, et non pas à la plage. Par fidélité, sans doute, à leur adolescence. Longtemps, nous avions continué à venir nager ici, avec Ugo et Manu. Lole, qui se baignait rarement, venait nous y rejoindre avec un casse-croûte. Allongés sur les pierres plates, on se laissait sécher en l'écoutant lire Saint-John Perse. Des vers d'*Exil,* ses préférés.

... nous mènerons encore plus d'un deuil, chantant l'hier, chantant l'ailleurs, chantant le mal à sa naissance
   et la splendeur de vivre qui s'exile à perte d'homme cette année.

Les retraités plongèrent dans l'eau — les têtes des femmes couvertes de bonnets blancs — et nagèrent vers l'anse du Pharo. Un crawl sans esbroufe, aux mouvements assurés, maîtrisés. Ils n'avaient plus à épater qui que ce soit. Ils s'épataient eux-mêmes.

Des yeux, je les suivis, pariant intérieurement qu'ils s'étaient rencontrés là, à seize ou dix-sept ans. Trois bons copains et trois bonnes copines. Et ils vieillissaient ensemble. Dans ce bonheur simple du soleil sur la peau. La vie, ici, n'était rien d'autre. Une fidélité aux actes les plus simples.

— Vous aimez ça, séduire les filles ?

— J'ai passé l'âge, répondis-je le plus sérieusement possible.

— Ah bon ! elle répliqua, tout aussi sérieusement. On ne le croirait pas.

— Si vous faites allusion à Sonia...

— Non. À votre manière de me regarder. Peu d'hommes sont aussi directs.

— J'ai un faible pour les belles femmes.

Là, elle avait éclaté de rire. Le même rire qu'au téléphone. Un rire franc, comme une eau coulant d'une combe. Rocailleux et chaud.

— Je ne suis pas ce qu'on entend par belle femme.

— Toutes les femmes disent cela, jusqu'à ce qu'un homme les séduise.

— Vous avez l'air de bien connaître la question.

J'étais désorienté par la tournure de la discussion. Qu'est-ce que tu racontes ! je me dis. Elle me regarda, fixement, et je me sentis gauche tout à coup. Cette femme savait rendre les points.

— J'en connais un petit quelque chose. On marche, commissaire ?

— Hélène, s'il vous plaît. Oui, je veux bien.

Nous avons marché le long de la mer. Jusqu'à la pointe de l'avant-port de la Joliette. Face au phare Sainte-Marie. Oui, comme moi, elle aimait cet endroit d'où l'on pouvait voir entrer et sortir les ferries et les cargos. Comme moi, tous les projets concernant le port l'inquiétaient. Un mot empâtait la bouche des élus et des technocrates. Euroméditerranée. Tous, même ceux qui étaient nés ici, comme l'actuel maire, avaient les yeux rivés sur l'Europe. L'Europe du Nord, cela s'entendait. Capitale, Bruxelles.

Marseille n'avait d'avenir qu'en renonçant à son histoire. C'est cela que l'on nous expliquait. Et s'il était souvent question du redéveloppement portuaire, ce n'était que pour mieux affirmer qu'il fallait en finir avec ce port tel qu'il était aujourd'hui. Le symbole d'une gloire ancienne. Même les dockers marseillais, pourtant coriaces, avaient fini par l'admettre.

On raserait donc les hangars. Le J 3. Le J 4. On redessinerait les quais. On percerait des tunnels. On créerait des voies rapides. Des esplanades. On repenserait l'urbanisme et l'habitat, de la place de la Joliette jusqu'à la gare Saint-Charles. Et on remodèlerait le paysage maritime. Ça, c'était la nouvelle grande idée. La nouvelle grande priorité. Le paysage maritime.

Ce qu'on pouvait lire dans les journaux avait de quoi plonger n'importe quel Marseillais dans la plus grande perplexité. À propos des cent postes à quai des quatre bassins du port, on parlait « d'opérationnalité magique ». Synonyme de chaos, pour les technocrates. Soyons réalistes, expliquaient-ils : mettons un terme à « cette charmante et nostalgique désuétude paysagère ». Je me souvenais avoir ri en lisant un jour, dans la sérieuse revue *Marseille,* que l'histoire de la ville, « à travers ses échanges avec le monde extérieur, va puiser dans ses racines sociales et économiques le projet d'un centre-ville généreux ».

— Tiens, lis ça, j'avais dit à Fonfon.

— T'achètes ces conneries, il avait demandé, en me rendant la revue.

— C'est à cause du dossier sur le Panier. C'est toute notre histoire.

— D'histoire, mon beau, on n'en a plus. Et ce qui

nous en reste, de l'histoire, vé, y vont nous la mettre dans le cul. Et je suis poli.

— Goûte ça.

J'avais rempli son verre d'un Tempier blanc. Il était huit heures. Nous étions sur la terrasse de son bar. Avec quatre douzaines d'oursins devant nous.

— Sas ! il avait dit, en faisant claquer sa langue. D'où tu sors ça ?

— J'en ai deux cartons. Six de rouge 91. Six de rouge 92. Et six de rosé et six de blanc 95.

Je m'étais fait copain avec Lulu, la propriétaire du domaine, au Plan du Castellet. En goûtant les vins, nous avions parlé de littérature. De poésie. Elle connaissait des vers de Louis Brauquier par cœur. Ceux du *Bar d'escale*. De *Liberté des mers*.

Je suis encore loin et je me permets d'être brave,
Mais viendra le jour où nous serons sous ton vent...

Avaient-ils lu Brauquier, tous ces technocrates venus de Paris ? Et leurs paysagistes conseils ? Et Gabriel Audisio, l'avaient-ils lu ? Et Toursky ? Et Gérald Neveu ? Savaient-ils qu'ici, un peseur-juré, du nom de Jean Ballard, avait créé, en 1943, la plus belle revue littéraire de ce siècle, et que Marseille, sur tous les bateaux du monde, dans tous les ports du monde, avait rayonné avec *Les Cahiers du Sud* mieux qu'avec ses échanges marchandise ?

— Pour en revenir à ces conneries qu'ils écrivent là, avait repris Fonfon, je vais t'expliquer. Quand on commence à te parler de générosité du centre-ville, tu peux être sûr que ça veut dire tout le monde dehors. Du balai ! Les Arabes, les Comoriens, les Noirs. Tout ce qui fait tache, quoi. Et les chômeurs, et les pauvres... Ouste !

Mon vieil ami Mavros, qui vivotait en tenant une salle de boxe sur les hauteurs de Saint-Antoine, disait à peu près les choses comme ça : « Chaque fois que quelqu'un te parle de générosité, de confiance et d'honneur, si tu regardes par-dessus ton épaule, t'es presque sûr de découvrir un braquemart prêt à te défoncer le cul. » Je n'arrivais pas à me rendre à cette évidence, et chaque fois on s'engueulait là-dessus, avec Mavros.

— T'exagères, Fonfon.

— Vouais. Eh bé, tiens, ressers-moi un coup. Ça t'évitera de dire des conneries.

Hélène Pessayre avait les mêmes craintes sur l'avenir du port de Marseille.

— Vous savez, dit-elle, le Sud, la Méditerranée... Nous n'avons aucune chance. Nous appartenons à ce que les technocrates appellent « les classes dangereuses » de demain.

Elle ouvrit son sac et me tendit un livre.

— Vous avez lu ça ?

C'était un ouvrage de Sandra George et Fabrizio Sabelli. *Crédits sans frontières, la religion séculière de la Banque mondiale.*

— Intéressant ?

— Passionnant. Il y est expliqué, simplement, que, avec la fin de la guerre froide et le souci de l'Occident d'intégrer le bloc de l'Est — en grande partie au détriment du tiers-monde —, le mythe revisité des classes dangereuses est répercuté vers le Sud, et sur les migrants du Sud vers le Nord.

Nous nous étions assis sur un banc de pierre. À côté d'un vieil Arabe qui semblait dormir. Un sourire flottait sur ses lèvres. Plus bas, assis sur les rochers, deux pêcheurs, chômeurs ou Rmistes sans doute, surveillaient leur ligne.

Devant nous, le large. L'infini bleu du monde.

— Pour l'Europe du Nord, le Sud est forcément chaotique, radicalement différent. Inquiétant donc. Je pense, enfin, je suis d'accord avec les auteurs de ce livre, que les États du Nord réagiront en érigeant un *limes* moderne. Vous savez, comme un rappel de la frontière entre l'Empire romain et les barbares.

Je sifflai entre mes dents. J'étais sûr que Fonfon et Mavros aimeraient cette femme.

— Nous allons payer cher cette nouvelle représentation du monde. Nous, je veux dire, tous ceux qui n'ont plus de travail, ceux qui sont proches de la misère, et tous les gamins aussi, tous ceux des quartiers Nord, des quartiers populaires qu'on voit traîner en ville.

— Je croyais être pessimiste, dis-je en riant.

— Le pessimisme ne sert à rien, Montale. Ce nouveau monde est clos. Fini, ordonné, stable. Et nous n'y avons plus notre place. Une nouvelle pensée domine. Judéo-christiano-helléno-démocratique. Avec un nouveau mythe. Les nouveaux barbares. Nous. Et nous sommes innombrables, indisciplinés, nomades bien sûr. Et puis arbitraires, fanatiques, violents. Et aussi, évidemment, misérables. La raison et le droit sont de l'autre côté de la frontière. La richesse aussi.

Un voile de tristesse recouvrit ses yeux. Elle haussa les épaules, puis se leva. Les mains enfoncées dans les poches de son jeans, elle marcha jusqu'au bord de l'eau. Là, elle resta silencieuse, les yeux perdus sur l'horizon. Je la rejoignis. Elle me montra le large.

— C'est par là que suis arrivée à Marseille, la première fois. Par la mer. J'avais six ans. Je n'ai jamais oublié la beauté de cette ville au petit matin. Je n'ai jamais oublié Alger, non plus. Mais je n'y suis jamais retournée. Vous connaissez Alger ?

— Non. Je n'ai pas beaucoup voyagé.

— Je suis née là-bas. Je me suis battue pendant des années pour être mutée ici, à Marseille. Marseille n'est pas Alger. Mais d'ici, c'est comme si je pouvais voir le port, là-bas. Moi aussi, j'ai appris à nager en me jetant dans l'eau d'en haut du quai. Pour épater les garçons. On allait se reposer sur des bouées, au large. Les garçons venaient nager autour de nous et se criaient entre eux : « Hé ! T'as vu la jolie mouette ! » Nous étions toutes de jolies mouettes.

Elle se retourna vers moi, et ses yeux brillaient d'un bonheur passé.

— *Ce sont souvent des amours secrètes...*, commençai-je.

— *Celles qu'on partage avec une ville,* poursuivit-elle, un sourire aux lèvres. J'aime Camus aussi.

Je lui tendis une cigarette, puis la flamme de mon briquet. Elle aspira la fumée, la souffla longuement en l'air tout en rejetant la tête en arrière. Puis elle me regarda à nouveau, fixement. Je me dis que j'allais enfin savoir pourquoi elle avait souhaité me rencontrer ce matin.

— Mais vous ne m'avez pas fait venir jusqu'ici pour me parler de tout ça, non ?

— C'est vrai, Montale. Je voudrais que vous me parliez de la Mafia.

— De la Mafia !

Ses yeux se firent perçants. Hélène était redevenue la commissaire Pessayre.

— Vous n'avez pas soif ? dit-elle.

7

Où il existe des erreurs trop monstrueuses pour le remords

Ange m'embrassa.

— Putain, je croyais que tu viendrais plus me voir !

Il me fit un clin d'œil en voyant Hélène s'installer sur la terrasse, sous les magnifiques platanes.

— Jolie femme, mon salaud !

— Et commissaire.

— Non !

— Comme je te le dis. Tu vois, ajoutai-je en riant, je renouvelle ta clientèle.

— T'es con ! Franchement.

Hélène commanda une mauresque. Moi un pastis.

— Vous mangez là ? demanda Ange.

J'interrogeai Hélène des yeux. Peut-être que les questions qu'elle voulait me poser ne laissaient pas place au menu du jour, simple, mais toujours délicieux, que préparait Ange.

— J'ai des petits rougets, il proposa. Magnifiques, ils sont. Juste grillés, avec un peu de bohémienne en accompagnement. Et en entrée, j'ai fait un feuilleté de sardines, fraîches bien sûr. Avec cette chaleur, hein, le poisson, c'est ce qu'y a de mieux.

— D'accord, elle dit.

— Tu as toujours du rosé du Puy-Sainte-Réparade ?

— Et comment ! Je vous mets un pichet, pour commencer.

On trinqua. Cette femme, j'avais l'impression de la connaître depuis toujours. Une intimité s'était créée instantanément. Depuis sa poignée de main, hier soir. Et notre discussion, le long de la mer, n'avait fait que la conforter.

Je ne savais pas ce qui m'arrivait. Mais en quarante-huit heures, deux femmes, aussi différentes l'une que l'autre, réussissaient à s'immiscer en moi. Sans doute m'étais-je tenu trop éloigné d'elles, de l'amour, depuis le départ de Lole. Sonia avait ouvert la porte de mon cœur et, maintenant, y entrait qui voulait. Enfin, pas n'importe qui. Hélène Pessayre, j'en étais convaincu, était loin d'être n'importe qui.

— Je vous écoute, je dis.

— J'ai lu des choses sur vous. Au bureau. Des rapports officiels. Vous avez été mêlé deux fois à des histoires concernant la Mafia. La première, après la mort de votre ami Ugo, dans la guerre où se sont affrontés Zucca et Batisti. La seconde, à cause d'un tueur, Narni, venu faire le ménage à Marseille.

— Et qui avait flingué un gamin de seize ans. Je sais, oui. Un hasard. Et alors ?

— Jamais deux sans trois, non ?

— Je ne comprends pas, dis-je bêtement, mais sans trop jouer à l'idiot.

Car je comprenais trop bien. Et je me demandais

comment elle en était arrivée, aussi vite, à échafauder une telle hypothèse. Elle me regarda, assez durement.

— Vous aimez bien jouer au con, hein, Montale ?

— Qu'est-ce qui vous fait penser ça ? Simplement parce que je ne saisis pas votre allusion ?

— Montale, elle n'a pas été tuée par un sadique, Sonia. Ni par un déséquilibré, ou un maniaque de l'arme blanche.

— Son mari, peut-être, lançai-je le plus innocemment possible. Enfin, le père de l'enfant.

— Bien sûr, bien sûr...

Ses yeux cherchèrent les miens, mais je les tenais baissés sur mon verre. Je le vidai d'une traite, pour me donner un semblant de contenance.

— Une autre mauresque ? proposai-je

— Non, merci.

— Ange ! appelai-je, tu me mets un autre pastis.

Dès qu'il m'eut resservi, elle reprit :

— Je vois que vous n'avez pas perdu l'habitude de préparer des histoires à la mords-moi le nœud.

— Écoutez, Hélène...

— Commissaire. C'est la commissaire qui vous pose des questions. Dans le cadre d'une enquête sur un crime. Celui d'une femme, Sonia De Luca. Mère d'un enfant de huit ans. Célibataire. Trente-quatre ans. Trente-quatre ans, Montale. Mon âge.

Elle avait haussé le ton, insensiblement.

— Je sais ça. Et que cette femme m'a séduit en une nuit. Et qu'elle a séduit mes deux voisins les plus chers en bavardant cinq minutes avec eux. Parce que, sans aucun doute, ce devait être une femme merveilleuse.

— Et qu'est-ce que vous savez d'autre ?

— Rien.

— Merde ! elle cria.

Ange déposa les feuilletés de sardines devant nous. Il nous regarda l'un après l'autre.

— Bon appétit, il dit.

— Merci.

— Hé ! S'il vous fait des misères, appelez-moi.

Elle sourit.

— Bon appétit, osai-je à mon tour.

— Ouais.

Elle avala une bouchée, puis reposa fourchette et couteau.

— Montale, j'ai eu longuement Loubet au téléphone ce matin. Avant de vous appeler.

— Ah oui. Et comment il va ?

— Aussi bien que quelqu'un qu'on a mis au placard. Comme vous devez l'imaginer. D'ailleurs, il aimerait bien que vous lui donniez de vos nouvelles.

— Oui. C'est vrai, c'est pas sympa. Je l'appellerai. Et alors ? Qu'est-ce qu'il vous a raconté sur moi ?

— Que vous êtes un emmerdeur, voilà ce qu'il m'a expliqué. Un type bien, honnête, mais un emmerdeur de première. Capable de dissimuler des informations à la police, juste pour vous permettre d'avoir un temps d'avance sur elle et de régler vos affaires tout seul. Comme un grand.

— Il est trop bon, ce Loubet.

— Et quand, enfin, vous y condescendez, à lâcher le morceau, le merdier est toujours pire que tout.

— Ah oui ! je m'énervai.

Parce que, bien sûr, Loubet avait raison. Mais j'étais têtu. Et je n'avais plus confiance dans les flics. Les racistes, les ripoux. Et puis les autres, ceux dont la seule morale était de faire carrière. Loubet était une exception. Dans chaque ville, des flics comme lui on les comptait sur les dix doigts de la main. L'exception qui confirmait la règle. Notre police était républicaine.

Je regardai Hélène dans les yeux. Mais je n'y lisais plus de malice, ni de nostalgie d'un bonheur passé. Ni même cette douceur féminine que j'avais entrevue.

— N'empêche, je repris, les cadavres, les bavures, les erreurs, l'arbitraire, les passages à tabac... c'est toujours de votre côté, non ? Moi, je n'ai pas de sang sur les mains.

— Moi non plus, Montale ! Et Loubet non plus, que je sache ! Arrêtez avec ça ! Vous cherchez quoi ? À jouer Superman ? À vous faire tuer ?

J'eus un flash de quelques morts atroces par les tueurs de la Mafia. L'un d'eux, Giovanni Brusca, avait étranglé de ses mains un enfant de onze ans. Le fils d'un repenti, Santino di Matteo, un ancien du clan Corleone. Brusca avait ensuite plongé le cadavre du gamin dans un bain d'acide. Le tueur de Sonia devait sortir de cette école.

— Peut-être, murmurai-je. En quoi ça vous dérangerait ?

— Ça me dérangerait.

Elle se mordit la lèvre inférieure. Les mots lui avaient échappé. J'en eus le frisson, l'oubliai aussi vite, et me dis que j'avais peut-être une chance de reprendre le dessus dans cette discussion. Car, commissaire ou pas, je n'avais nullement l'intention de lui parler de la Mafia, à

Hélène Pessayre. De ce hasard absurde qui avait coûté la vie à Sonia. Ni des appels téléphoniques du tueur. Et encore moins de la cavale de Babette. Du moins pas pour l'instant, en ce qui concernait Babette.

Non, on ne me changerait plus. Et j'allais faire comme d'habitude. Comme je le sentais. Depuis cette nuit, depuis que cet enculé de sa race avait téléphoné, j'envisageais les choses très simplement. Je filais rendez-vous à ce mec, le tueur, et je lui balançais un chargeur dans le ventre. Par surprise. Comment irait-il imaginer qu'un connard de mon espèce soit capable de brandir un flingue et de le buter ? Tous les tueurs se croyaient les meilleurs, les plus futés. Au-dessus de la mêlée des médiocres. Ça ne changerait rien au merdier dans lequel s'était fourrée Babette. Mais ça soulagerait mon cœur de sa peine.

Quand j'étais parti, hier après-midi, j'étais persuadé que je ramènerais Sonia chez moi. Nous aurions pris le petit déjeuner sur ma terrasse, nous serions allés nager au large, et Honorine serait venue nous faire des suggestions pour midi, et pour le soir. Et que le soir, c'est ensemble, tous les quatre, que nous aurions dîné.

Une vision idyllique. J'avais toujours procédé comme ça avec la réalité. À tenter de l'élever au niveau de mes rêves. Au niveau du regard. À hauteur d'homme. Du bonheur. Mais la réalité était comme le roseau. Elle pliait, mais ne rompait jamais. Derrière l'illusion, la saloperie humaine se profilait toujours. Et la mort. La mort qui a pour tous un regard.

Je n'avais jamais tué. Aujourd'hui, pourtant, je m'en croyais capable. De tuer. Ou de mourir. De tuer et de mourir. Car tuer, c'est aussi mourir. Aujourd'hui, je n'avais plus rien à perdre. J'avais perdu Lole. J'avais perdu Sonia. Deux bonheurs. L'un connu. L'autre entrevu. Identiques. Toutes les amours empruntent le même chemin, et réinventent ce chemin. Lole avait su réinventer notre amour dans un autre amour. J'aurais pu réinventer Lole avec Sonia. Peut-être.

Tout m'était indifférent.

Je repensai à ce poème de Cesare Pavese : *La mort viendra et elle aura tes yeux.*

Les yeux de l'amour.

> *Ce sera comme cesser un vice,*
> *comme voir ressurgir*
> *au miroir un visage défunt,*
> *comme écouter des lèvres closes.*
> *Nous descendrons dans le gouffre muets.*

Bien sûr, Fonfon et Honorine ne me le pardonneraient pas, de mourir. Mais ils me survivraient, tous les deux. Ils avaient vécu d'amour. De tendresse. De fidélité. Ils en vivaient, et ils en vivraient encore. Leur vie n'était pas un échec. Moi... « Au bout du compte, me dis-je, la seule façon de donner un sens à sa mort, c'est d'éprouver une certaine gratitude pour tout ce qui s'est produit auparavant. »

Et de la gratitude, j'en avais à revendre.

— Montale.

Sa voix était douce maintenant.

— Montale. C'est un professionnel qui l'a tuée, Sonia.

Hélène Pessayre arrivait tranquillement à me dire ce qu'elle voulait me dire.

— Et sa mort, elle est signée. Il n'y a que la Mafia qui tranche ainsi la gorge des gens. De droite à gauche.

— Qu'est-ce que vous en savez ? dis-je avec lassitude.

Les rougets arrivèrent, et ramenèrent de la vraie vie sur notre table.

— Délicieux, dit-elle après avoir avalé une première bouchée. Je le sais. J'ai fait mon mémoire de droit sur la Mafia. Ça m'obsède.

Le nom de Babette était sur ma langue. Elle aussi, elle était complètement obsédée par la Mafia. J'aurai pu lui demander pourquoi cette obsession, à Hélène Pessayre. Tenter de comprendre ce qui l'avait poussée à user sa jeunesse à décortiquer les rouages de la Mafia. Tenter de comprendre aussi comment Babette s'était laissé happer par ces rouages, jusqu'à mettre sa vie en danger. La sienne et bien d'autres. Je ne le fis pas. Ce que je devinais me faisait horreur. La fascination de la mort. Du crime. Du crime organisé. Je préférai m'énerver.

— Qui êtes-vous ? D'où vous sortez ? Où vous comptez aller avec vos questions, vos hypothèses ? Hein ? Au fond d'un placard à balais, comme Loubet ?

Une colère sourde montait en moi. Celle qui m'étreignait quand je réfléchissais à toute la saloperie du monde.

— Vous n'avez rien d'autre à foutre dans la vie ! Que ça, remuer la merde ? User vos beaux yeux sur des cadavres sanguinolents ? Hein ? Vous n'avez pas de mari pour vous boucler à la maison ? Pas de gosse à élever ? C'est votre vie, ça, savoir reconnaître que telle gorge a été tranchée par la Mafia et telle autre par un obsédé sexuel ? Hein, c'est ça ?

— Oui, c'est ça ma vie. Rien d'autre.

Elle posa sa main sur la mienne. Comme si j'étais son amoureux. Comme si elle allait me dire « Je t'aime ».

Non, je ne pouvais pas lui dire ce que je savais, non, pas encore. Il fallait que je retrouve Babette d'abord. Voilà. Je m'imposais ça, comme un temps de mensonge. Je retrouvais Babette, on discutait, puis je lâchais toute l'histoire à Hélène Pessayre, pas avant. Non, avant, je butais ce type. Cet enfant de putain qui avait tué Sonia.

Les yeux d'Hélène fouillèrent les miens. Cette femme était extraordinaire. Mais elle commençait à me faire peur maintenant. Peur de ce qu'elle était capable de me faire raconter. Peur de ce qu'elle pouvait être capable de faire aussi.

Elle ne me dit pas je t'aime. Elle dit simplement :

— Loubet a raison.

— Qu'est-ce qu'il a raconté d'autre sur moi, Loubet ?

— Votre sensibilité. Qu'elle est à fleur de peau. Vous êtes trop romantique, Montale.

Elle retira sa main de la mienne, et j'eus la sensation vraie de ce qu'était le vide. Le gouffre. Sa main loin de la mienne. Un vertige. J'allais plonger. Tout lui avouer.

Non. Je butais ce putain de tueur avant.

— Alors ? demanda-t-elle.

Avant tout, le tuer, oui.

Décharger ma haine dans son bide.

Sonia.

Et toute cette haine en moi. Qui cuirassait l'intérieur de mon corps.

— Alors quoi ? répondis-je le plus laconiquement possible.

— Est-ce que vous avez des ennuis avec la Mafia ?

— Quand est-ce qu'on l'enterre, Sonia ?

— Quand je signerai le permis d'inhumer.

— Et vous comptez le faire quand ?

— Quand vous aurez répondu à ma question.

— Non !

— Si.

Nos regards s'affrontèrent. Violence contre violence. Vérité contre vérité. Justice contre justice. Mais j'avais un avantage sur elle. Cette haine. Ma haine. Pour la première fois. Je ne cillai pas.

— J'ai pas de réponse à vous donner. Des ennemis, j'en ai des tonnes. Dans les quartiers Nord. En taule. Chez les flics. Et dans la Mafia.

— Dommage, Montale.

— Dommage pour quoi ?

— Vous savez qu'il existe des erreurs trop monstrueuses pour le remords.

— Pourquoi aurais-je du remords ?

— Si Sonia était morte par votre faute.

Mon cœur fit un bond. Comme s'il voulait s'échapper, sortir de mon corps, s'envoler. Aller dans un quelque part où régnait la paix. Si cela existait. Hélène Pessayre venait d'appuyer juste là où cela faisait mal. Parce que c'était ça que je ruminais. Exactement ça. Sonia était morte à cause de moi. De l'attirance qu'elle avait eue pour moi l'autre nuit. Je l'avais jetée sous la lame d'un tueur. Je venais de la rencontrer. Et, eux, ils l'avaient tuée pour que je comprenne qu'ils ne plaisantaient pas. La première de la liste. Dans leur logique froide, il y avait des échelles de sentiments. Sonia était en bas de l'échelle. Honorine tout en haut, avec Fonfon sur le barreau du dessous.

Je devais retrouver Babette. Le plus vite possible. Et sans doute, en me raisonnant, m'empêcher de l'étrangler immédiatement.

Hélène Pessayre se leva.

— Elle avait mon âge, Montale. Je ne vous le pardonnerai pas.

— Quoi ?

— Si vous m'avez menti.

Menteur, j'étais. Menteur, je resterais ?

Elle partait. De son pas décidé, vers le comptoir. Son porte-monnaie à la main. Pour payer son repas. Je m'étais levé. Ange me regardait, sans trop comprendre.

— Hélène.

Elle se retourna. Aussi vive qu'une adolescente. Et j'entrevis, une fraction de seconde, la jeune fille qu'elle avait dû être à Alger. L'été à Alger. Une jolie mouette. Fière. Libre. J'entrevis aussi son jeune corps bronzé, et le dessin de ses muscles au moment où elle plongeait dans l'eau du port. Et les regards des hommes sur elle.

Comme le mien aujourd'hui. Vingt ans après.

Aucun autre mot ne sortit de ma bouche. Je restai là, à la regarder.

— À bientôt, je dis.

— Il y a des chances, répondit-elle tristement. Salut.

8

Où ce que l'on peut comprendre,
on peut aussi le pardonner

Georges Mavros m'attendait. C'était le seul ami qui me restait. Le dernier ami de ma génération. Ugo et Manu étaient morts. Les autres s'étaient perdus je ne sais où. Là où ils avaient trouvé du boulot. Là où ils pensaient réussir. Là où ils avaient rencontré une femme. À Paris, pour la plupart. Quelquefois, l'un d'eux passait un coup de fil. Pour donner des nouvelles. Pour s'annoncer avec sa famille, entre deux trains, deux avions, deux bateaux. Pour un petit repas à midi, ou le soir. Marseille n'était plus pour eux qu'une ville de transit. D'escale. Mais, au fil des ans, les coups de fil s'espaçaient. La vie bouffait l'amitié. Chômage pour certains, divorce pour d'autres. Sans compter ceux que j'avais rayés de ma mémoire, et de mon carnet d'adresses, à cause de leur sympathie pour le Front National.

Arrivé à un certain âge, on ne se fait plus d'amis. Que des copains. Des gens avec qui on prend plaisir à faire la fête, ou une partie de cartes ou de pétanque. Les années passaient comme ça. Avec eux. De l'anniversaire de l'un à l'anniversaire de l'autre. Des soirées à boire et à manger. À danser. Les enfants grandissaient. Ils amenaient leurs petites copines, craquantes à souhait. Elles séduisaient les pères, les copains de leurs copains, jouant avec leur désir, comme seulement on sait le faire entre quinze et dix-huit ans. Entre deux verres, le plus souvent, les autres couples se rapportaient les ragots sur les infidélités des uns ou des autres. On y voyait aussi des couples se défaire l'espace d'une soirée.

Mavros perdit Pascale lors d'une de ces soirées. C'était il y a trois ans, à la fin de l'été, chez Marie et Pierre. Ils avaient une superbe maison à Malmousque, rue de la Douane, et ils adoraient recevoir. Je les aimais bien, Marie et Pierre.

Lole et moi, nous venions d'enchaîner quelques superbes salsas. Juan Luis Guerra, Arturo Sandoval, Irakere, Tito Puente. À bout de souffle, et nos corps passablement excités d'avoir été si longuement collés l'un à l'autre, nous nous étions arrêtés sur le magnifique *Benedicion* de Ray Barretto.

Mavros était seul, appuyé contre un mur, un verre de champagne à la main. Raide.

— Ça va ? je lui avais demandé.

Il avait levé son verre devant moi, comme pour trinquer, et il l'avait vidé.

— Au poil.

Et il était parti se resservir. Il se bourrait la gueule avec application. J'avais suivi son regard. Pascale, son amie depuis cinq ans, était à l'autre bout de la pièce. En grande discussion avec sa vieille copine Joëlle et Benoît, un photographe marseillais que l'on croisait de-ci de-là dans ces fêtes. De temps en temps, quelqu'un passait, se mêlait à leur conversation, repartait.

J'étais resté un moment à les regarder tous les trois. Pascale était de profil. Elle monopolisait la parole, avec ce débit rapide qu'elle pouvait avoir quand elle se passionnait pour quelque chose, ou pour quelqu'un. Benoît s'était rapproché d'elle. Si près que son épaule semblait s'appuyer sur celle de Pascale. Parfois, Benoît posait sa main sur le dossier d'une chaise, et la main de Pascale, après avoir repoussé ses longs cheveux en arrière, se posait à son tour près de la sienne, mais sans la toucher. Ils se séduisaient, c'était évident. Et je m'étais demandé si Joëlle comprenait ce qui était en train de se passer sous ses yeux.

Mavros, qui mourait d'envie de se joindre à eux, ne bougea pas, et il continua à boire seul. Avec une application désespérée. À un moment, Pascale quitta Joëlle et Benoît, pour aller aux toilettes sans doute, et passa devant lui sans lui adresser un regard. Quand elle revint, l'apercevant enfin, elle vint vers lui et, très gentiment, un sourire aux lèvres, lui demanda :

— Tu vas bien ?

— J'existe plus, c'est ça ? il répondit.

— Pourquoi tu dis ça ?

— Ça fait une heure que je te regarde, que je viens me servir à boire à côté de vous. Tu ne m'as pas adressé un seul regard. C'est comme si je n'existais plus. C'est ça ?

Pascale ne lui répondit pas. Elle lui tourna le dos et repartit vers les toilettes. Pour pleurer. Parce que c'était vrai, il n'existait plus pour elle. Dans son cœur. Mais elle ne se l'était pas encore avoué. Jusqu'à ce qu'elle entende Mavros le lui dire explicitement.

Un mois plus tard, Pascale découcha. Mavros se trouvait à Limoges, pour deux jours, à régler les détails d'un combat de boxe qu'il avait monté pour un de ses poulains. Pascale, il lui téléphona presque à toutes les heures de la nuit. Inquiet. Peur qu'il ne lui soit arrivé un malheur. Un accident. Une agression. Ses messages remplissaient le répondeur, qu'il interrogeait à distance. Le lendemain, après tous les siens, Pascale en avait laissé un : « Il ne m'est rien arrivé. Je ne suis pas à l'hôpital. Il ne s'est rien passé de grave. Je ne suis pas rentrée à la maison cette nuit. Je suis au bureau. Appelle-moi, si tu veux. »

Après le départ de Pascale, on passa quelques nuits ensemble, Mavros et moi. À boire des coups, à parler du passé, de la vie, de l'amour, des femmes. Mavros se sentait minable, et je n'arrivais pas à l'aider à retrouver confiance en lui.

Maintenant, il vivait en solitaire, Mavros.

— Tu vois, il m'arrivait de me réveiller la nuit, et à travers la lumière des persiennes, je restais des heures à la regarder dormir, Pascale. Souvent, elle était allongée sur le côté, son visage tourné vers moi, une main glissée sous sa joue. Et je me disais : « Elle est plus belle qu'avant. Plus douce. » Son visage, la nuit, il me rendait heureux, Fabio.

Moi aussi le visage de Lole me remplissait de bonheur. J'aimais plus que tout les matins. Les réveils. Poser mes lèvres sur son front, puis laisser glisser ma main sur sa joue, dans son cou. Jusqu'à ce que son bras se déplie, que sa main se pose sur ma nuque et m'attire vers ses lèvres. C'était toujours un bon jour pour aimer.

— Une séparation ressemble à toutes les autres séparations, Georges, je lui avais dit quand il m'avait appelé,
après le départ de Lole. Tout le monde souffre. Tout le
monde a mal.

Mavros avait été le seul à me téléphoner. Un ami, un
vrai. Ce jour-là, j'avais tiré un trait sur tous les copains.
Et leurs fêtes. J'aurais dû le faire avant. Parce que
Mavros aussi, ils l'avaient laissé tomber, peu à peu, en
ne l'invitant plus. Pascale, tous l'aimaient bien. Benoît
aussi. Et tous préféraient les histoires heureuses. Ça leur
posait moins de problèmes dans leur vie quotidienne. Ça
leur évitait aussi de penser que cela pouvait leur arriver,
à eux. Un jour.

— Ouais, il avait répondu. Sauf que si tu aimes quelqu'un d'autre, t'as une épaule où poser ta tête, t'as une
main qui caressera ta joue, et... Tu vois, Fabio, le désir
nouveau éloigne de la souffrance de celui qu'on quitte.

— Je ne sais pas.

— Moi je sais.

Il était toujours à vif du départ de Pascale. Comme
moi de Lole aujourd'hui. Mais j'essayais de donner du
sens à la décision de Lole. Parce que tout cela avait un
sens, forcément. Lole ne m'avait pas quitté sans raison.
D'une certaine façon, aujourd'hui, j'avais fini par
comprendre trop de choses, et, ce que je pouvais
comprendre, je pouvais le pardonner.

— On échange quelques coups ?

La salle de boxe n'avait pas changé. Elle était toujours
aussi propre. Seules les affiches au mur avaient jauni.
Mais Mavros y tenait, à ses affiches. Elles lui rappelaient

106

qu'il avait été un bon boxeur. Un bon entraîneur aussi.
Aujourd'hui, il ne montait plus de combats. Il donnait
des cours. Aux gamins du quartier. Et la mairie d'arron-
dissement l'aidait, par une petite subvention, à maintenir
sa salle en état. Tout le monde, dans le quartier, s'accordait à préférer voir les jeunes s'entraîner à boxer plutôt
que foutre le feu aux bagnoles ou casser des vitrines.

— Tu fumes trop, Fabio, il me dit. Et là (il ajouta en
frappant sur mes abdominaux), c'est un peu mou.

— Et ça ! je répondis, en lui allongeant mon poing
sur le menton.

— Mou aussi. (Il riait.) Allez, approche !

Mavros et moi, on avait réglé une affaire de fille sur
ce ring. Nous avions seize ans. Ophelia, elle s'appelait.
On en était tous les deux amoureux. Mais on s'aimait
bien, Mavros et moi. Et on ne voulait pas se fâcher pour
une histoire de fille.

— On la fait aux points, il avait proposé. En trois
rounds.

Son père, amusé, arbitra. Cette salle, c'est lui qui
l'avait créée, avec l'aide d'une association proche de la
C.G.T. Sport et culture.

Mavros était bien meilleur que moi. Au troisième
round, il m'entraîna dans un coin du ring, et s'accrochant
à moi, il commença à cogner avec force. Mais j'avais
plus de rage que lui. Ophelia, je la voulais. Pendant qu'il
cognait, je repris mon souffle puis, me dégageant, je le
ramenai au centre du ring. Là, je réussis à lui assener une
bonne vingtaine de coups. J'entendais sa respiration
contre mon épaule. On était de force égale. Mon désir
d'Ophelia compensait mon manque de technique. Juste

avant la sonnerie, je le frappai sur le nez. Mavros perdit l'équilibre et chercha appui sur les cordes. J'ajustai mes coups, à la limite de mes forces. Quelques secondes encore et, d'un seul uppercut, il aurait pu m'étendre.

Son père me déclara vainqueur. On s'embrassa, Mavros et moi. Mais Ophelia, le vendredi soir, elle décida que c'était avec lui qu'elle voulait sortir. Pas avec moi.

Mavros l'avait épousée. Elle venait d'avoir vingt ans. Lui vingt et un, et une belle carrière de poids moyen devant lui. Mais elle l'avait obligé à abandonner la boxe. Elle ne supportait pas. Il était devenu routier jusqu'à ce qu'il comprenne qu'il était cocu chaque fois qu'il prenait la route.

Vingt minutes après, je jetai l'éponge. Le souffle court. Mes bras vides. Je crachai mon protège-dents dans mon gant, et allai m'asseoir sur le banc. Je laissai tomber ma tête entre les épaules, trop épuisé pour la maintenir droite.

— Alors, champion, on renonce ?

— Va te faire voir ! soufflai-je.

Il éclata de rire.

— Une bonne douche, et on va s'en jeter un bien frais.

C'est exactement ce que j'avais en tête. Une douche, et une bière.

Moins d'une heure après, nous étions installés à la terrasse du bar des Minimes, sur le chemin Saint-Antoine. Au second demi, j'avais raconté à Mavros tout ce qui s'était passé. De ma rencontre avec Sonia à mon déjeuner avec Hélène Pessayre.

— Il faut que je la retrouve, Babette.

— Ouais, et après ? Tu en fais un paquet cadeau et tu la livres à ces mecs, c'est ça ?

— Après, je sais pas, Georges. Mais il faut que je la retrouve. Pour au moins piger à quel point c'est grave. Il y a peut-être un moyen de s'arranger avec eux.

— Tu parles ! Des mecs capables de plomber une fille, rien que pour te forcer à bouger, à mon avis, la tchatche, c'est pas leur fort.

En vérité, je ne savais que penser de tout ça. Je tournais à vide. La mort de Sonia grignotait dans ma tête toute pensée. Mais une chose était sûre. Même si j'en voulais à Babette d'avoir déclenché toute cette horreur, je ne me voyais pas la livrer aux tueurs de la Mafia. Babette, je ne voulais pas qu'ils la tuent.

— Tu es peut-être sur leur liste, dis-je sur le ton de la boutade.

Cette éventualité venait soudain de me traverser l'esprit, et elle me fit froid dans le dos.

— J'y crois pas. S'ils plombent trop autour de toi, les flics vont plus te lâcher. Et tu pourras pas faire ce que ces mecs attendent de toi.

Ça se tenait. De toute façon, comment pouvaient-ils savoir que Mavros était mon ami ? Je venais m'entraîner dans sa salle. Comme j'allais boire des coups chez Hassan. Est-ce qu'ils allaient flinguer Hassan aussi ? Non, Mavros avait raison.

— T'as raison, je dis.

Dans ses yeux, je vis que c'était quand même plus

simple de dire les choses que de les croire. Mavros n'avait pas peur, non. Mais son regard était inquiet. On l'aurait été à moins. Même si la mort ne nous faisait pas peur, on préférait qu'elle nous attrape le plus tard possible, et au pieu tant qu'à faire, après une bonne nuit de sommeil.

— Tu sais, Georges, on devrait remettre les entraînements à plus tard. Tu te prends quelques vacances, c'est la saison. Genre quelques jours à glandouiller à la montagne... Une petite semaine, quoi.

— J'ai pas où aller glandouiller. Et j'en ai pas envie. Je t'ai dit comment je vois les choses, Fabio. C'est ce que je crois. Le pire qui puisse arriver, c'est qu'ils s'en prennent à toi, ces types. Qu'ils te dérouillent méchamment. Et si c'est ça qui arrive, je veux pas être loin ce jour-là. O.K. ?

— O.K. Mais tiens-toi à l'écart. T'as rien à voir là-dedans. Babette, c'est mes oignons. Toi, tu la connais à peine.

— Suffisamment. Et c'est ton amie.

Il me regarda. Ses yeux avaient changé. Ils avaient viré au noir charbon, mais sans la brillance de l'anthracite. Il n'y avait plus qu'une grande fatigue au fond de son regard.

— Je vais te dire, il reprit. Qu'est-ce qu'on a à perdre ? On s'est fait mettre toute notre putain de vie. Les femmes nous ont plaqués. On n'a pas été fichus de faire des mômes. Hein. Alors, qu'est-ce qu'il reste ? L'amitié.

— Justement. C'est trop important pour la jeter comme ça, en pâture, à des charognards.

— D'accord, vieux, il dit en me tapant sur l'épaule.

On s'en boit un autre, puis je file. J'ai rendez-vous avec la femme d'un chef de gare.

— Non !

Il se mit à rire. C'était le Mavros de mon adolescence. Bagarreur, musclé, fort, sûr de lui. Et séducteur.

— Non, c'est juste une employée du bureau de poste d'à côté. Une Réunionnaise. Son mari l'a plaquée, elle et ses deux mômes. Je joue au papa, le soir, ça m'occupe.

— Et avec la maman après.

— Hé ! il dit, on n'a pas passé l'âge, non ?

Il finit son verre.

— Elle attend rien de moi, et moi rien d'elle. Juste on se rend les nuits moins longues.

Je repris ma bagnole et j'enclenchai une cassette de Pinetop Perkins. *Blues Afer Hours.* Pour redescendre vers le centre-ville.

Marseille blues, c'est toujours ce qui m'allait de mieux.

Je fis un détour par le littoral. Par ces moches passerelles métalliques que les paysagistes conseils d'Eurométerranée voulaient détruire. Dans cet article de la revue *Marseille,* ils parlaient « d'une froide répulsion résultant de cet univers de machine, de béton et de charpente rivetée sous le soleil ». Les cons !

Le port était magnifique de cet endroit-là. On se le rentrait dans les yeux en roulant. Les quais. Les cargos. Les grues. Les ferries. La mer. Le château d'If et les îles du Frioul au loin. Tout était bon à prendre.

9

Où l'on apprend qu'il est difficile
de survivre à ceux qui sont morts

Nous roulions pare-chocs contre pare-chocs, et à grands coups de klaxon. Depuis la Corniche, ce n'était que de longues files de voitures, dans les deux sens. Toute la ville semblait s'être donné rendez-vous aux terrasses des glaciers, des bars, des restaurants qui longeaient le bord de mer. Au train où on avançait, j'allais épuiser mon stock de cassettes. J'étais passé de Pinetop Perkins à Lightnin' Hopkins. *Darling, do you Remember me ?*

Dans ma tête, ça commençait à s'agiter. Les souvenirs. Depuis quelques mois, mes pensées dérapaient de plus en plus souvent. J'avais du mal à me concentrer sur une chose précise, même pêcher — ce qui devenait grave. Plus le temps passait et plus l'absence de Lole prenait de l'importance. Occupait ma vie. Je vivais dans le vide qu'elle avait laissé. Le pire, c'était de rentrer chez moi. D'être seul chez moi. Pour la première fois de ma vie.

J'aurais dû changer de musique. Me faire sauter les idées noires à coups de son cubain. Guillermo Portabales. Francisco Repilado. Ou mieux encore, le Buena Vista Social Club. J'aurais dû. Ma vie se résumait à ces

« j'aurais dû ». Super, me dis-je en filant un long coup de klaxon à l'automobiliste devant moi. Il faisait tranquillement débarquer sa famille, avec le pique-nique pour la soirée sur la plage. La glacière, les chaises, la table pliante. Il ne manquait plus que la télé, je pensai. La mauvaise humeur me gagnait.

À la hauteur du Café du Port, à la Pointe-Rouge — nous avions progressé jusque-là en quarante minutes —, j'eus envie de m'offrir un verre. Un ou deux. Trois peut-être. Mais j'imaginai Fonfon et Honorine en train de m'attendre, sur la terrasse. Je n'étais pas vraiment seul. Ils étaient là tous les deux. Avec leur amour pour moi. Leur patience. Ce matin, après le coup de fil d'Hélène Pessayre, j'étais parti sans leur dire un petit bonjour. Je n'avais pas encore trouvé le courage de leur raconter. Pour Sonia.

— Qui c'est que vous voulez tuer ? m'avait demandé Honorine, cette nuit.

— Laissez tomber, Honorine. Des gens, il y en a des milliers que je voudrais tuer.

— Voui, mais dans le tas, çui-là, on dirait qu'y vous tient particulièrement à cœur.

— C'est rien, c'est cette chaleur. Ça me met les nerfs en pelote. Retournez vous coucher.

— Faites-vous une camomille, vé. Ça détend. Fonfon, il s'y est mis aussi.

J'avais baissé la tête. Pour ne pas voir monter dans ses yeux les questions qu'elle se posait. Sa peur aussi, de me voir m'embarquer dans des coups tordus. Je me souvenais encore parfaitement comment elle m'avait regardé quand, il y a quatre ans, je lui avais annoncé la mort d'Ugo. Ce regard-là, je ne voulais pas l'affronter à nouveau. Pour rien au monde. Et surtout pas maintenant.

Elle savait, Honorine, que je n'avais pas de sang sur les mains. Que jamais je n'avais pu me résoudre à tuer un homme de sang-froid. Batisti, j'avais laissé faire les flics. Narni, il s'était écrasé avec sa voiture au fond d'un ravin du col de la Gineste. Il n'y avait que Saadna. Je l'avais abandonné au milieu des flammes, et je n'avais pas eu de remords. Mais même cette immonde pourriture, je n'aurais pu l'abattre, comme ça, en conscience. Elle savait tout ça. Je le lui avais raconté.

Mais je n'étais plus le même aujourd'hui. Et ça, Honorine le savait aussi. J'avais trop de colères rentrées, de comptes non réglés. Trop de désespoir aussi. Je n'étais pas aigri, non, j'étais las. Fatigué. Une grande fatigue des hommes et du monde. La mort de Sonia, injuste, idiote, cruelle, me trottait dans la tête. Sa mort rendait insupportables toutes les autres morts. Y compris toutes celles, anonymes, que je pouvais lire chaque matin dans le journal. Des milliers. Des centaines de milliers. Depuis la Bosnie. Depuis le Rwanda. Et avec l'Algérie et son flot de massacres quotidiens. Une centaine de femmes, d'enfants, d'hommes massacrés, égorgés nuit après nuit. Le dégoût.

De quoi dégueuler, vraiment.

Sonia.

J'ignorais quelle tête pouvait avoir son assassin, mais c'était certainement une tête de mort. Tête de mort sur drap noir. Pavillon qui se hissait certaines nuits dans ma tête. Flottant libre, toujours impuni. Je voulais en finir avec ça. Au moins une fois. Une fois pour toutes.

Sonia.

Et merde ! Je m'étais promis d'aller voir son père, et son fils. Plutôt que d'aller boire des coups, je devais faire au moins ça ce soir. Le rencontrer. Lui et le petit Enzo. Et leur dire, Sonia, je l'aurais aimée, je crois.

Je mis le clignotant à gauche, déboîtai et engageai le nez de ma voiture dans la file inverse. Ça klaxonna aussitôt. Mais je m'en foutais. Tout le monde s'en foutait. On klaxonnait pour le principe. On gueulait aussi pareillement.

— Tu vas où, hé ducon ?

— Chez ta sœur !

Après deux marches arrière, je réussis à intégrer la file. Je pris tout de suite à gauche pour éviter de me taper les embouteillages dans l'autre sens. Je slalomai dans un dédale de petites traverses et je réussis à gagner l'avenue des Goumiers. Là, ça roulait déjà mieux. Direction La Capelette, un quartier où, à partir des années 20, s'étaient regroupées des familles italiennes, du Nord essentiellement.

Attilio, le père de Sonia, habitait rue Antoine-Del-Bello, au coin de la rue Fifi-Turin. Deux résistants italiens morts pour la France. Pour la liberté. Pour cette idée de l'homme incompatible avec la morgue de Hitler, et de Mussolini. Parce que Del-Bello, enfant de l'Assistance publique italienne, quand il est mort dans le maquis, il n'était même pas français.

Attilio De Luca m'ouvrit la porte, et je le reconnus. Comme me l'avait dit Hassan, De Luca et moi nous nous étions déjà rencontrés dans son bar. Et y avions bu ensemble quelques apéros. Il avait été licencié en 1992, après quinze ans à Intramar, comme pointeur. Trente-cinq ans qu'il bossait sur le port. Il m'avait raconté des bribes de vie. Sa fierté d'être docker. Ses grèves. Jusqu'à cette année-là, où les plus vieux dockers passèrent à la trappe. Au nom de la modernisation de l'outil de travail. Les plus vieux, et tous les emmerdeurs. De Luca était sur la liste rouge. Les « non-malléables » Et l'âge aidant, il se retrouva parmi les premiers sur le trottoir.

Rue Antoine-Del-Bello, De Luca y était né. Une rue en *i* et en *a,* avant que ne débarquent les Alvarez, Gutier-rez et autres Domenech.

— Quand je suis né, dans la rue, sur mille personnes, il y avait neuf cent quatre-vingt-quatorze Italiens, deux Espagnols et un Arménien.

Ses souvenirs d'enfance ressemblaient étrangement aux miens, et résonnaient dans ma tête avec le même bonheur.

— En été, dans l'impasse, c'était qu'une longue cohorte de chaises qui s'étirait sur le trottoir. Chacun y allait de sa petite histoire.

Bon Dieu de merde, pensai-je, pourquoi ne m'a-t-il jamais parlé de sa fille ! Pourquoi n'était-elle jamais venue chez Hassan un soir avec lui ! Pourquoi n'avais-je rencontré Sonia que pour mieux la perdre pour toujours ? Avec Sonia, ce qui était terrible, c'est qu'il n'y avait pas de regrets — comme avec Lole —, que du remords. Le pire d'entre tous. D'avoir été, involontairement, l'artisan de sa mort.

— Oh ! Montale, dit De Luca.

Il avait vieilli d'un siècle.

— J'ai appris. Pour Sonia.

Il leva vers moi des yeux rougis. Avec, tout au fond, plein d'interrogations. Bien sûr, il ne comprenait pas, De Luca, ce que je venais faire là. Les tournées de pastis, même chez Hassan, ça créait des sympathies, pas des liens de famille.

Au nom de Sonia, je vis apparaître Enzo. Sa tête arrivait à la taille de son grand-père. Il se serra contre lui, un bras autour de sa jambe, et leva, lui aussi, les yeux vers moi. Les yeux gris-bleu de sa mère.

— Je...

— Entre, entre... Enzo ! retourne au lit. Il est presque dix heures. Les gosses, ça veut jamais dormir, il commenta d'un ton monocorde.

La pièce était assez grande, mais encombrée de meubles surchargés de bibelots, de photos de famille encadrées. Telle que sa femme l'avait laissée, il y a dix ans, quand elle avait quitté De Luca. Telle qu'il espérait qu'elle la trouverait, quand elle reviendrait un jour. « Un jour ou l'autre », il m'avait dit, plein d'espoir.

— Installe-toi. Tu veux boire un coup ?

— Pastis, oui. Dans un grand verre. J'ai soif.

— Putain de chaleur, il dit.

La différence d'âge entre lui et moi était infime. Sept ou huit ans, peut-être. À peu de chose près, j'aurais pu avoir un enfant de l'âge de Sonia. Une fille. Un garçon. Cela me mit mal à l'aise de penser cela.

Il revint avec deux verres, des glaçons et une grande carafe d'eau. Puis, d'un bahut, il sortit la bouteille d'anis.

— C'est avec toi qu'elle avait rendez-vous hier soir ?
il demanda en me servant.

— Oui.

— Quand je t'ai vu, là devant la porte, j'ai compris.

Sept ou huit ans d'écart. La même génération ou
presque. Celle qui a grandi dans l'après-guerre. Celle des
sacrifices, des petites économies. Pâtes midi et soir. Et
du pain. Pain ouvert, tomate et filet d'huile. Pain broco-
lis. Pain et aubergine. La génération de tous les rêves
aussi, qui avaient, pour nos pères, le sourire et la bonho-
mie de Staline. De Luca avait adhéré aux Jeunesses
communistes à quinze ans.

— J'ai tout gobé, il m'avait raconté. La Hongrie, la
Tchécoslovaquie, le bilan globalement positif du socia-
lisme. Maintenant, y a plus que les œufs que je gobe !

Il me tendit le verre, sans me regarder. Je devinais ce
qui trottait dans sa tête. Ses sentiments. Sa fille dans mes
bras. Sa fille sous mon corps, dans l'amour. Je ne savais
pas s'il aurait vraiment aimé. Aimé cette histoire entre
elle et moi.

— Il ne s'est rien passé, tu sais. Nous devions nous
revoir, et...

— Laisse tomber, Montale. Tout ça, maintenant...

Il but une longue gorgée de pastis, puis son regard se
posa enfin sur moi.

— Tu n'as pas d'enfants ?

— Non.

— Tu peux pas comprendre.

J'avalai ma salive. Sa souffrance, à De Luca, était à
fleur de peau. Elle perlait autour de ses yeux. J'étais sûr

qu'on aurait été amis, même après. Et qu'il aurait été de nos repas à la maison, avec Fonfon et Honorine.

— On aurait pu construire quelque chose, elle et moi. Je crois. Avec le petit.

— T'as jamais été marié ?

— Non, jamais.

— T'as dû en connaître, des femmes.

— C'est pas ce que tu crois, De Luca.

— Je crois plus rien. De toute façon...

Il vida son verre.

— Je te ressers ?

— Un fond.

— Elle a jamais été heureuse. Rien que des cons, elle a rencontré. Tu peux m'expliquer ça, Montale. Belle, intelligente, et rien que des cons. Je te dis pas le dernier, le père de... (De la tête, il désigna la chambre où était couché Enzo.) Heureusement qu'il s'est tiré, sinon, un jour, je l'aurais tué celui-là

— On peut pas expliquer ça.

— Ouais. Moi, je crois qu'on passe son temps à se perdre, et quand on se trouve, c'est trop tard.

Il me regarda une nouvelle fois. Derrière les larmes, prêtes à couler, perçait une lueur d'amitié.

— Ma vie, je dis, ça n'a été que ça.

Mon cœur se mit à battre, fort, puis se serra. Lole, quelque part, devait l'étreindre. Elle avait mille fois raison, je ne comprenais rien à rien. Aimer, c'était sans doute se montrer nu à l'autre. Nu dans sa force, et nu dans sa fragilité. Vrai. Qu'est-ce qui me faisait peur dans l'amour ? Cette nudité ? Sa vérité ? La vérité ?

Sonia, je lui aurais tout raconté. Et aussi avoué ce verrou, dans mon cœur, qu'était Lole. Oui, comme je venais de le dire à De Luca, j'aurais pu construire quelque chose avec Sonia. Autre chose. Des joies, des rires. Du bonheur. Mais autre chose. Seulement autre chose. Celle que l'on a rêvée, attendue, désirée durant des années, puis rencontrée et aimée, le jour où elle part, on est sûr de ne pas la retrouver, comme ça, à un autre coin de rue de la vie. Et, chacun le sait, il n'existe pas de bureau des amours perdues.

Sonia l'aurait compris. Elle qui, si vite, avait su faire parler mon cœur, me faire parler tout simplement. Et peut-être y aurait-il eu un après. Un après vrai à nos désirs.

— Ouais, dit De Luca en vidant une nouvelle fois son verre.

Je me levai.

— T'es venu rien que pour me dire ça, que c'était toi ?

— Oui, mentis-je. Te le dire.

Il se leva, péniblement.

— Il le sait, le petit ?

— Pas encore. Je sais pas comment... Je sais pas comment je vais faire, non plus, avec lui... Tu vois, une nuit, une journée. Une semaine pendant les vacances... Mais l'élever ? J'ai écrit à ma femme...

— Je peux aller lui dire bonsoir ?

De Luca fit oui de la tête. Mais au même moment il posa sa main sur mon bras. Tout ce qu'il avait contenu de tristesse allait déborder. Sa poitrine se souleva. Les sanglots rompaient les digues de fierté qu'il s'était imposées devant moi.

120

— Pourquoi ?

Il se mit à chialer.

— Pourquoi on me l'a tuée ? Pourquoi elle ?

— Je sais pas, dis-je tout bas.

Je l'attirai vers moi, et le serrai dans mes bras. Il sanglotait fort. Je redis, le plus bas possible :

— Je sais pas.

Les larmes de son amour pour Sonia, de grosses larmes chaudes, gluantes, coulaient dans mon cou. Elles puaient l'odeur de la mort. Celle que j'avais sentie en entrant, l'autre soir, chez Hassan. C'était exactement ça. Au fond de mes yeux, j'essayai de mettre un visage sur le tueur de Sonia.

Puis je vis Enzo, debout devant nous, tenant un petit ours en peluche sous son bras.

— Pourquoi il pleure, papi ?

Je me dégageai de De Luca et m'accroupis devant Enzo. Je passai mes bras autour de ses épaules.

— Ta maman, je dis, elle reviendra plus. Elle a... elle a eu un... un accident. Tu comprends ça, Enzo ? Elle est morte.

Et je me mis à pleurer aussi. À pleurer sur nous, qui aurions à survivre à tout cela. La saloperie permanente du monde.

10

Où, grâce à la légèreté,
la tristesse peut se réconcilier
avec l'envol d'une mouette

Avec Fonfon et Honorine, nous avons joué au rami jusqu'à minuit. Jouer aux cartes, avec eux, c'était plus qu'un plaisir. Une manière de rester unis. De partager, sans le dire ouvertement, des sentiments difficiles à exprimer. Entre deux cartes jetées, des regards s'échangeaient, des sourires. Et, bien que le jeu soit simple, il était nécessaire de rester attentif aux cartes jouées par l'un ou l'autre. Ça m'allait, de contenir mes pensées quelques heures.

Fonfon avait amené une bouteille de Bunan. Un vieux marc égrappé de La Cadière, près de Bandol.

— Goûte ça, il avait dit, c'est autre chose que ton whisky écossais.

C'était délicieux. Rien à voir avec mon Lagavulin, au léger goût de tourbe. Le Bunan, bien que sec, ce n'était que du fruité, avec tous les arômes des garrigues. Le temps de gagner deux parties de rami et d'en perdre huit, j'en avais éclusé quatre petits verres avec plaisir.

Au moment de se quitter, Honorine vint vers moi avec une enveloppe-bulle.

— Vé, j'allais oublier. Le facteur, il a laissé ça pour

vous, ce matin. Comme c'était marqué fragile dessus, il a pas voulu la déposer dans votre boîte aux lettres.

Au dos, aucune indication de l'expéditeur. L'enveloppe était postée de Saint-Jean-du-Gard. J'ouvris l'enveloppe et en sortis cinq disquettes. Deux bleues, une blanche, une rouge, une noire. « Je t'aime encore », avait écrit Babette sur une feuille de papier. Et dessous : « Garde-moi ça précieusement. »

Babette ! Le sang vint battre mes tempes. Avec comme un flash dans les yeux. Le visage de Sonia. Sonia égorgée. Je me souvins alors précisément du cou de Sonia. Hâlé comme sa peau. Mince. Et qui semblait aussi doux que l'épaule sur laquelle, un bref instant, j'avais posé ma main. Un cou que l'on avait envie d'embrasser, là, juste sous l'oreille. Ou de caresser du bout des doigts, rien que pour s'émerveiller de la douceur du contact. J'aurais voulu la détester, Babette !

Mais comment fait-on pour détester quelqu'un que l'on aime ? que l'on a aimé ? Un ami ou une amoureuse. Mavros ou Lole. Pas plus que je n'avais pu me défaire de l'amitié de Manu et d'Ugo. On peut s'interdire de les voir, de leur donner des nouvelles, mais les détester, non, c'est impossible. Pour moi du moins.

Je relus le mot de Babette, et soupesai les disquettes dans ma main. J'eus le sentiment que ça y était, que nos sorts, dans les circonstances les plus dégueulasses, étaient liés. Babette en appelait à l'amour, et c'était la mort qui pointait son nez. À la vie, à la mort. On disait ça quand on était mômes. On se faisait une petite entaille au poignet, et, croisant nos avant-bras, le poignet de l'un se posait sur celui de l'autre. Le sang partagé. Amis pour la vie. Frères. Amour toujours.

Babette. Durant des années, nous n'avions échangé que nos désirs. Et nos solitudes. Son « je t'aime encore » me mit mal à l'aise. Il ne trouvait en moi aucune résonance. Était-elle sincère ? me demandai-je. Ou était-ce simplement sa seule manière de crier au secours ? Je savais trop qu'on pouvait dire des choses, les croire vraies au moment où on les affirmait, et faire, dans les heures ou les jours qui suivaient, des actes qui les démentaient. Dans l'amour, en particulier. Parce que l'amour est le sentiment le plus irrationnel, et que sa source — quoi qu'on en dise — est dans la rencontre de deux sexes, le plaisir qu'ils se donnent.

Lole me dit un jour, en rangeant ses affaires dans un sac :

— Je vais partir. Une semaine, peut-être.

Je l'avais longuement regardée, caressant ses yeux, l'estomac noué. Habituellement, elle aurait dit : « Je pars voir ma mère » ou : « Ma sœur, ça va pas. Je vais à Toulouse quelques jours ».

— J'ai besoin de réfléchir, Fabio. J'en ai besoin. Pour moi. Tu comprends, j'ai besoin de penser à moi.

Elle était tendue, d'avoir à me dire ça comme ça. Elle n'avait pas su trouver le moment opportun pour me l'annoncer. M'expliquer. Je comprenais sa tension, même si cela me faisait mal. J'avais prévu, mais sans le lui dire — comme d'habitude —, de l'emmener en balade dans l'arrière-pays niçois. Vers Gorbio, Sainte-Agnès, Sospel.

— Fais comme tu veux.

Elle partait rejoindre son ami. Ce guitariste qu'elle

avait rencontré à un concert. À Séville, quand elle était avec sa mère. Elle ne me l'avoua qu'au retour, Lole.

— Je n'ai rien fait pour..., elle ajouta. Je ne croyais pas que cela arriverait si vite, Fabio.

Je la serrai dans mes bras, laissant son corps, légèrement raide, venir contre le mien. Je sus alors qu'elle avait réfléchi, à elle, à nous. Mais, bien sûr, pas comme je l'avais imaginé. Pas comme je l'avais entendu dans les mots qu'elle m'avait dits avant son départ.

— Dites, c'est quoi ces choses ? me demanda Honorine.

— Des disquettes. C'est pour les ordinateurs.

— Vous vous y connaissez en ça, vous ?

— Un peu. J'en avais un, avant. Dans mon bureau.

Je les embrassai tous les deux. En leur souhaitant bonne nuit. Pressé maintenant.

— Si tu pars tôt, passe quand même me voir avant, dit Fonfon.

— Promis.

J'avais déjà la tête ailleurs. Dans les disquettes. Leur contenu. Les raisons du merdier dans lequel se trouvait Babette aujourd'hui. Dans lequel elle m'entraînait. Et qui avait coûté la vie à Sonia. Et qui laissait, seul, sur le carreau, un gamin de huit ans et un grand-père déboussolé.

J'appelai Hassan. Quand il décrocha, je reconnus les premières notes de *In a Sentimental Mood*. Et le son. Coltrane et Duke Ellington. Un bijou.

— Dis, Sébastien, il traîne pas par là, par hasard ?

— Sûr. Je te l'appelle.

Au fil des ans, dans le bar, j'avais sympathisé avec

une bande de copains. Sébastien, Mathieu, Régis, Cédric. Vingt-cinq ans, ils avaient. Mathieu et Régis finissaient des études d'architecture. Cédric peignait et, depuis peu, organisait aussi des concerts techno. Sébastien faisait des chantiers au noir. L'amitié qui les liait me faisait chaud au cœur. Elle était palpable et tout autant inexplicable. Avec Manu et Ugo nous étions ainsi. Nous tanguions toutes les nuits d'un bistrot à un autre, en riant de tout, même des filles avec lesquelles nous sortions. Nous étions différents et nous avions les mêmes rêves. Comme ces quatre jeunes. Et comme eux, nous savions que nos discussions, nous n'aurions pu les avoir avec personne d'autre.

— Ouais, dit Sébastien.

— C'est Montale. Je te casse pas un coup ?

— Les copines sont sous la douche. On est rien qu'entre nous.

— Dis, ton cousin Cyril, il pourrait me lire des disquettes ?

Cyril, m'avait expliqué Sébastien, était un fou d'ordinateur. Équipé comme pas possible. Et toujours à surfer la nuit sur Internet.

— Pas de problème. Quand ça ?

— Maintenant ?

— Maintenant ! Oh ! Putain, c'est pire que quand t'étais flic !

— Tu peux pas mieux dire.

— O.K. Ben, on t'attend. On a quatre tournées en compte !

Je mis moins de vingt minutes. J'eus tous les feux au vert, sauf trois passés à l'orange. Sans apercevoir le moindre képi. Chez Hassan, ce n'était pas la grosse affluence. Sébastien et ses copains. Trois couples. Et un habitué, la trentaine fatiguée, qui, toutes les semaines, venait lire *Taktik,* le gratuit culturel de Marseille, de la première à la dernière ligne. Faute, sans doute, de pouvoir se payer une place de concert, ou même de ciné.

— Si tu m'en débarrasses, dit Hassan en désignant les quatre jeunes, je vais pouvoir fermer.

— Cyril nous attend, dit Sébastien. C'est quand tu veux. Il habite à deux pas. Boulevard Chave.

— Je paie une autre tournée ?

— Ben, le travail de nuit, hein, c'est au moins ça.

— Bon, c'est la dernière, lâcha Hassan. Amenez vos verres.

Il me servit un whisky. Sans demander mon avis. Le même que pour Sonia. Du Oban. Il s'en servit un aussi, ce qui était une exception. Il leva son verre pour trinquer. On se regarda, lui et moi. Nous pensions la même chose. À la même personne. Les phrases n'avaient aucun sens. C'était comme avec Fonfon et Honorine. Il n'y a pas de mot pour dire le Mal.

Hassan avait laissé filer l'album de Coltrane et Ellington. Ils attaquaient *Angelica.* Une musique qui parlait d'amour. De joie. De bonheur. Avec une légèreté capable de réconcilier n'importe quelle tristesse humaine avec l'envol d'une mouette vers d'autres rivages.

— Je te ressers ?

— Vite fait. Et les mômes aussi.

Les cinq disquettes contenaient des pages et des pages de documents. Elles avaient toutes été compressées pour contenir le maximum d'informations.

— Ça ira ? me demanda Cyril.

J'étais installé devant son ordinateur, et je commençais à faire défiler les fichiers des disquettes bleues.

— J'en ai pour une petite heure. Je vais pas tout lire. Juste repérer quelques trucs dont j'ai besoin.

— Prends ton temps. On a de quoi tenir un siège !

Ils avaient rapporté plusieurs packs de bières, des pizzas, et suffisamment de clopes pour ne pas être en manque. Tels qu'ils étaient partis, ils allaient bien refaire quatre ou cinq fois le monde. Et, vu ce qui défilait sous mes yeux, le monde en avait grandement besoin, d'être refait.

Par curiosité, j'ouvris le premier document. *Comment les Mafias gangrènent l'économie mondiale.* Visiblement, Babette avait commencé à rédiger son enquête. « À l'ère de la mondialisation des marchés, le rôle du crime organisé dans le marché de l'économie reste méconnu. Nourrie des stéréotypes hollywoodiens et du journalisme à sensation, l'activité criminelle est étroitement associée, dans l'opinion, à l'effrondrement de l'ordre public. Tandis que les méfaits de la petite délinquance sont mis en vedette, les rôles politiques et économiques ainsi que l'influence des organisations criminelles internationales ne sont guère révélés à l'opinion publique. »

Je cliquai. « Le crime organisé est solidement imbriqué dans le système économique. L'ouverture des marchés, le déclin de l'État providence, les privatisations, le dérèglement de la finance et du commerce international, etc., tendent à favoriser la croissance des activités illicites ainsi que l'internationalisation d'une économie criminelle concurrente.

« Selon l'Organisation des Nations unies (O.N.U.), les revenus mondiaux annuels des organisations criminelles transnationales (O.C.T.) sont de l'ordre de mille milliards de dollars, un montant équivalent au produit national brut (P.N.B.) combiné des pays à faible revenu (selon la catégorisation de la Banque mondiale) et de leurs trois milliards d'habitants. Cette estimation prend en compte tant le produit du trafic de drogue, des ventes illicites d'armes, de la contrebande des matériaux nucléaires, etc., que les produits des activités contrôlées par les Mafias (prostitution, jeux, marchés noirs de devises...).

« En revanche, elle ne mesure pas l'importance des investissements continus effectués par les organisations criminelles dans la prise de contrôle d'affaires légitimes, pas plus que la domination qu'elles exercent sur les moyens de production dans de nombreux secteurs de l'économie légale. »

Je commençais à entrevoir tout ce que pouvaient recéler les autres disquettes. Des notes en bas de page faisaient référence à des documents officiels. Un autre jeu de notes, en gras celui-ci, renvoyait aux autres disquettes selon un classement précis : par affaires, par lieux, par entreprises, par partis politiques, et enfin par noms. Fargette. Yann Piat. Noriega. Sun Investissement. International Bankers Luxembourg.... J'en eus la chair de poule. Parce que j'en étais sûr, Babette avait travaillé avec cette férocité professionelle qui l'animait depuis qu'elle avait débuté dans ce métier. Le goût de la vérité.

Je cliquai une nouvelle fois.

« Parallèlement, les organisations criminelles collaborent avec les entreprises légales, investissant dans une variété d'activités légitimes qui leur assurent non seulement une couverture pour le blanchiment de l'argent mais aussi un moyen sûr d'accumuler du capital en dehors des activités criminelles. Ces investissements sont essentiellement effectués dans l'immobilier de luxe, l'industrie des loisirs, l'édition et les médias, les services financiers, etc., mais aussi dans l'industrie, l'agriculture et les services publics. »

— Je fais des bolognèse, m'interrompit Sébastien. T'en voudras ?

— Seulement si vous changez de musique !

— T'entends ça, Cédric ? cria Sébastien.

— On va faire un effort ! il répliqua.

La musique s'arrêta.

— Écoute ! Ben Harper, c'est.

Je connaissais pas et, ma foi, je me dis que je pouvais supporter.

Je quittai l'écran sur cette dernière phrase : « Les performances du crime organisé dépassent celles de la plupart des cinq cents premières firmes mondiales classées par la revue *Fortune*, avec des organisations qui ressemblent plus à General Motors qu'à la Mafia sicilienne traditionnelle. » Tout un programme. Celui auquel Babette avait décidé de s'attaquer.

— Vous en êtes où ? je demandai en m'installant à la table.

— N'importe où, répondit Cédric.

— Par n'importe quel bout qu'on prenne les choses,

argumenta Mathieu, on en revient toujours au même endroit. Là où on a les pieds. Dans la merde.

— Bien vu, je dis. Et alors ?

— Et alors, reprit Sébastien en rigolant, quand on marche, l'important, c'est de pas en mettre partout.

Tout le monde se marra. Moi aussi. Un peu jaune, quand même. Parce que c'était exactement là que je me trouvais, dans la merde, et je n'étais pas vraiment sûr de ne pas en mettre partout.

— Super, les pâtes, je dis.

— Sébastien, il tient ça de son père, commenta Cyril. Le plaisir de faire à bouffer.

C'était dans l'une des autres disquettes que devait se trouver la clef des ennuis de Babette. Là où elle alignait les noms d'hommes politiques, de chefs d'entreprises. La disquette noire.

La blanche était une compilation de documents. La rouge contenait des entretiens et des témoignages. Dont une interview de Bernard Bertossa, le procureur général de Genève.

« — Trouvez-vous que la France lutte efficacement contre la corruption internationale, du moins au niveau européen ?

« — Vous savez, en Europe, seule l'Italie a développé une véritable politique criminelle pour lutter contre l'argent sale et contre la corruption. Particulièrement au moment de l'opération *Mani pulite*. Sincèrement, la France ne donne pas du tout l'impression de vouloir s'attaquer aux réseaux d'argent noir ou de trafic d'influence. Il n'existe aucune stratégie politique de lutte, seulement des cas individuels, des juges ou des procureurs qui s'investissent dans leurs dossiers et font preuve d'une très grande opiniâtreté. L'Espagne s'y met actuellement. Elle vient de créer un parquet anticorruption, alors qu'il n'existe rien de tel en France. Cette attitude ne tient pas à un parti ou à un autre, qu'il soit ou non au pouvoir. Tous traînent des casseroles et aucun n'a intérêt à le dire. »

Je n'eus pas la force d'ouvrir la disquette noire. À quoi ça me servirait de savoir ? Ma vision du monde était déjà assez sale comme ça.

— Je peux avoir un jeu de copies ? je demandai à Cyril.

— Autant que tu veux.

Puis, me souvenant des explications de Sébastien sur Internet, j'ajoutai :

— Et... tout ça, on peut le rentrer sur Internet ?

— Créer un site, tu veux dire ?

— Oui, un site, que n'importe qui peut consulter.

— Évidemment.

— Tu peux faire ça ? Me créer un site, et ne l'ouvrir que si je te le demande ?

— Je te fais ça dans la journée.

Je les quittai à trois heures du matin. Après avoir avalé une dernière bière. J'allumai une clope sur le boulevard. Je traversai la place Jean-Jaurès totalement déserte et, pour la première fois depuis longtemps, je ne me sentis pas en sécurité.

11

Où c'est bien la vie qui se joue ici,
jusqu'au dernier souffle

Je me réveillai en sursaut. Une petite sonnerie dans la tête. Mais ce n'était pas le téléphone. Ce n'était pas un bruit non plus. C'était bien dans ma tête, et pas vraiment une sonnerie. Un déclic. Est-ce que j'avais rêvé ? De quoi ? Six heures moins cinq, merde ! Je m'étirai. Je ne me rendormirais pas, je le savais déjà.

Je me levai et, une clope à la main, que j'évitai d'allumer, j'allai sur la terrasse. La mer, d'un bleu sombre, presque noir, commençait à s'agiter. Le mistral se levait. Mauvais signe. Le mistral en été était synonyme d'incendies. Des centaines d'hectares de forêts, de garrigue partaient en fumée chaque année. Les pompiers devaient déjà être sur les dents.

Saint-Jean-du-Gard, me dis-je. C'était ça. Le déclic. Le tampon sur l'enveloppe de Babette. Saint-Jean-du-Gard. Les Cévennes. Qu'est-ce qu'elle foutait là-bas ? Chez qui ? Je m'étais préparé un café, dans ma petite cafetière italienne une tasse. Une tasse après l'autre. Je l'aimais comme ça, le café. Pas réchauffé. J'allumai enfin ma clope, et tirai dessus doucement. La première bouffée passa sans problème. C'était gagné pour les suivantes.

Je mis un disque du pianiste sud-africain Abdullah Ibrahim. *Echoes from Africa*. Un morceau particulièrement. *Zikr*. Je ne croyais ni à Dieu ni à diable. Mais il y avait dans cette musique, dans son chant — le duo avec Johnny Dyani, son bassiste —, une telle sérénité que l'on avait envie de louer la terre. Sa beauté. Ce morceau, je l'avais écouté des heures et des heures. À l'aube. Ou quand le soleil se couchait. Il m'emplissait d'humanité.

La musique s'éleva. Ma tasse à la main, dans l'encadrement de la porte-fenêtre, je regardai la mer s'agiter plus violemment. Je ne comprenais rien aux paroles d'Abdullah Ibrahim, mais cette *Remembrance of Allah* trouvait en moi sa traduction la plus simple. C'est bien ma vie que je joue ici, sur cette terre. Une vie à goût de pierres chaudes, de soupirs de la mer et de cigales qui, bientôt, se mettront à chanter. Jusqu'à mon dernier souffle, j'aimerai cette vie. *Inch Allah*.

Une mouette passa, très bas, presque au ras de la terrasse. J'eus une pensée pour Hélène Pessayre. Une jolie mouette. Je n'avais pas le droit de lui mentir plus longtemps. Maintenant que j'étais en possession des disquettes de Babette. Maintenant que je devinais où elle était planquée, Babette. Il fallait que je vérifie, mais j'en étais presque sûr. Saint-Jean-du-Gard. Les Cévennes. J'ouvris son classeur d'articles.

C'était son tout premier grand reportage. Le seul que je n'avais pas encore lu. À cause, sans doute, des photos qui illustraient son document, et que Babette avait prises elle-même. Des photos pleines de tendresse pour cet ancien étudiant en philo devenu éleveur de chèvres après Mai 68. Elle l'avait aimé, ce Bruno, j'en étais sûr.

Comme moi. Peut-être nous avait-elle aimés, lui et moi, en même temps ? Et d'autres encore ?

Et alors ? me dis-je, en continuant à lire l'article. C'était il y a dix ans. Mais est-ce qu'elle t'aimait encore, Babette ? Est-ce qu'elle t'aimait encore vraiment ? Ça me taraudait, son petit mot. « Je t'aime encore. » Est-ce qu'il était possible de refaire sa vie avec quelqu'un que l'on a aimé ? Avec qui l'on a vécu ? Non, je ne le croyais pas. Je ne l'avais jamais cru pour les femmes que j'avais quittées, ou qui m'avaient quitté. Je ne le croyais pas pour Babette, non plus. Je ne l'imaginais que pour Lole, et c'était purement insensé. Je ne savais plus quelle femme m'avait dit un jour qu'il ne fallait pas déranger les fantômes de l'amour.

Le Castellas, voilà. Elle était là. J'en étais persuadé. Tel qu'elle décrivait le lieu, Babette, c'était l'endroit idéal pour une planque. Sauf qu'on ne pouvait se terrer jusqu'à la fin de ses jours. À moins de décider, comme ce Bruno, d'y vivre sa vie. Mais je ne voyais pas Babette en éleveuse de chèvres. Elle avait encore trop de rage au cœur.

Je me fis une troisième tasse de café, puis j'appelai les renseignements, et j'eus le numéro du Castellas. On décrocha à la cinquième sonnerie. Une voix d'enfant. Un garçon.

— C'est qui ?

— C'est pour parler à ton papa.

— Maman ! il cria.

Des bruits de pas.

— Allô.

— Bonjour. Je voudrais parler à Bruno.

135

— C'est de la part ?

— Montale. Fabio Montale. Mon nom ne lui dira rien.

— Un moment.

Des bruits de pas encore. Une porte qui s'ouvre. Puis il fut à l'autre bout du fil, Bruno.

— Oui. Je vous écoute.

J'aimais cette voix. Déterminée. Sûre. Une voix de la montagne, chargée de sa rudesse.

— On ne se connaît pas. Je suis un ami de Babette. Je voudrais lui parler.

Silence. Il réfléchissait.

— À qui ?

— Écoutez, on ne va pas se faire du cinéma. Je sais qu'elle se planque chez vous. Dites-lui, Montale a téléphoné. Et qu'elle m'appelle, vite.

— Qu'est-ce qui se passe ?

— Dites-lui de m'appeler. Merci.

Babette appela une demi-heure après.

Dehors, le mistral soufflait en fortes rafales. J'étais sorti pour plier mon parasol et celui d'Honorine. Elle ne s'était pas encore montrée. Elle avait dû aller prendre le café chez Fonfon et lire *La Marseillaise.* Depuis que *Le Provençal* et *Le Méridionnal* avaient fusionné en un seul journal, *La Provence,* Fonfon n'achetait plus que *La Marseillaise.* Il n'aimait pas les journaux mous. Il les aimait de parti pris. Même s'il ne partageait pas leurs idées. Comme *La Marseillaise,* journal communiste. Ou comme *Le Méridonnal* qui, avant d'être de droite modérée, avait fait sa fortune, il y a une vingtaine d'années, en propageant les idées extrémistes et raciales du Front National.

Fonfon ne comprenait pas que, dans *La Provence,* l'éditorial soit un jour, sous la plume d'un directeur, de sensibilité de gauche, et le lendemain, sous la plume d'un autre directeur, de sensibilité de droite.

— C'est le pluralisme, ça ! il avait gueulé.

Puis il m'avait fait lire l'éditorial qui, ce matin-là, rendait hommage au pape en voyage en France. Et louait les vertus morales de la chrétienté.

— J'ai rien contre ce monsieur, le pape, tu vois. Ni contre celui qui écrit. Chacun pense comment il veut, vé, c'est la liberté. Mais...

Il tourna les pages du journal.

— Tiens, lis ça.

Dans les pages locales, il y avait un petit sujet, avec photos, sur un restaurateur du bord de mer. Le type expliquait que son établissement c'était le panard. Toutes les serveuses, jeunes et mignonnes tout plein, étaient pratiquement à poil pour servir. Il ne disait pas qu'on pouvait leur mettre la main au cul, mais presque. Pour les repas d'affaires, c'était le lieu idéal, quoi. Le fric et le cul ont toujours fait bon ménage.

— Tu peux pas te faire bénir par le pape en première page, et te faire sucer en page quatre, non !

— Fonfon !

— Et merde ! Un journal qui a pas de morale, c'est pas un journal. Je l'achète plus, vé. C'est fini.

Depuis, il ne lisait plus que *La Marseillaise.* Et ça le mettait dans des rages aussi folles. Parfois teintées de mauvaise foi. Souvent avec raison. On ne le changerait pas, Fonfon. Et je l'aimais bien comme ça. J'en avais trop croisé de gens qui n'avaient que de la gueule, comme on dit à Marseille, et rien derrière.

J'avais sursauté à la sonnerie du téléphone. Le doute, un instant, que ce ne soit pas Babette, mais les mecs de la Mafia.

— Fabio, elle dit simplement.

Sa voix charriait des tonnes de peurs, de lassitudes, d'épuisements. En un seul mot, mon prénom, je compris qu'elle n'était plus tout à fait la même. J'eus soudain le sentiment qu'avant d'entamer sa cavale, elle avait dû en baver. Salement.

— Ouais.

Un silence. J'ignorais ce qu'elle mettait dans ce silence. Dans le mien, l'intégrale de nos nuits d'amour à tous les deux. En regardant en arrière, m'avait encore dit cette femme dont j'avais oublié le nom, on finit par tomber au fond du puits. J'étais au bord du puits. Sur la margelle. Babette.

— Fabio, elle redit, plus assurée.

Le cadavre de Sonia replit sa place dans ma tête. Se réinstalla. Dans sa lourdeur glaciale. Évacuant toute pensée, tout souvenir.

— Babette, il faut qu'on parle.

— Tu as reçu les disquettes ?

— Je les ai lues. Enfin, presque. Cette nuit.

— Qu'est-ce que tu en penses ? J'ai sacrément bien bossé, non ?

— Babette. Arrête avec ça. Les mecs qui te cherchent, je les ai au cul.

— Ah !

La peur remonta dans sa gorge, étreignit ses mots.

— Je sais plus quoi faire, Fabio.

— Viens.

— Venir ! elle cria, presque hystérique. T'es fou ! Ils ont massacré Gianni. À Rome. Et Francesco, son frère. Et Beppe, son ami. Et...

— Ils ont tué une femme que j'aimais, ici, je répondis, en élevant la voix. Et ils en tueront d'autres, d'autres gens que j'aime, tu vois. Et moi, plus tard. Et toi, un jour ou l'autre. Tu ne vas pas rester planquée là-haut des années.

Un autre silence. J'aimais bien le visage de Babette. Un visage un peu rond, qu'encadraient des cheveux longs, châtain-roux, frisottant vers le bas. Un visage à la Botticelli.

— On doit trouver un arrangement, je repris après m'être raclé la gorge.

— Quoi ! elle hurla. Fabio, c'est toute ma vie ce travail ! Si tu as ouvert les disquettes, tu as pu te rendre compte du boulot que j'ai fait. Quel arrangement tu veux qu'on trouve, hein ?

— Un arrangement avec la vie. Ou avec la mort. C'est au choix.

— Arrête ! J'ai pas envie de philosopher.

— Moi non plus. Simplement de rester en vie. Et te garder en vie.

— Ouais. Venir, c'est me suicider.

— Peut-être pas.

— Ah ouais ! Et tu proposes quoi ?

Je sentais ma colère monter. Les rafales de vent, dehors, me semblaient de plus en plus violentes.

— Putain de merde, Babette ! Tu entraînes tout le monde dans cette saloperie d'histoire d'enquête à la con. Ça te gêne pas ? Tu peux dormir ? Tu peux bouffer ? Baiser ? Hein ! Réponds, bordel ! Qu'on plombe mes amis, ça te plaît ? Et moi, qu'on me bute, aussi ? Hein ! Bon Dieu de merde ! Et tu dis que tu m'aimes encore ! Mais t'es fêlée, pauvre conne !

Elle éclata en sanglots.

— T'as pas le droit de me parler comme ça !

— Si ! Cette femme, je l'aimais, bordel ! Sonia, elle s'appelait. Trente-quatre ans, elle avait. Depuis des années, j'en avais pas rencontré une comme elle. Alors, j'ai tous les droits !

— Va te faire voir !

Et elle raccrocha.

Georges Mavros avait été assassiné ce matin, vers les sept heures. Je ne le sus que deux heures après. Ma ligne était toujours occupée. Quand le téléphone resonna, je crus que c'était Babette qui rappelait.

— Montale.

C'était dit durement. Un ton de commissaire. Hélène Pessayre. Les ennuis sont de retour, pensai-je. Et par ennuis, je pensais seulement à son opiniâtreté à me faire dire ce que je lui cachais. Elle ne prit pas de gants pour m'annoncer la nouvelle.

— Votre ami Mavros, Georges Mavros, a été tué ce matin. En rentrant chez lui. On l'a trouvé, égorgé, sur le ring. De la même manière que Sonia. Vous n'avez toujours rien à me dire ?

Georges. Je pensai immédiatement à Pascale, comme

un con. Mais Pascale ne lui avait plus donné signe de vie depuis six mois. Il n'avait pas d'enfants. Mavros était seul. Comme moi. J'espérais sincèrement que sa nuit avait été heureuse, et belle, avec sa copine réunionnaise.

— Je vais venir.

— Immédiatement ! ordonna Hélène Pessayre. À la salle de boxe. Comme ça, vous l'identifierez. Vous lui devez au moins ça, non ?

— J'arrive, répondis-je la voix brisée.

Je raccrochai. Le téléphone resonna.

— T'es au courant, pour ton pote ?

Le tueur.

— Je viens de l'apprendre.

— Dommage. (Il rit.) J'aurais bien aimé te l'annoncer moi-même. Mais les flics, ils traînent pas aujourd'hui.

Je ne répondis pas. Je m'imprégnais de sa voix, comme si cela pouvait me permettre d'en dessiner un portrait-robot.

— Mignonne, cette flic, hein ? Montale ! tu m'écoutes ?

— Ouais.

— T'avise pas à nous faire d'entourloupe avec elle. Ni avec quelqu'un d'autre. Flic ou pas. Sur la liste, on peut accélérer les cadences, tu piges ?

— Oui. Y aura pas d'entourloupe.

— Mais hier tu te baladais avec elle, non ? Tu croyais quoi, pouvoir la sauter ?

Ils étaient là, me dis-je. Ils me suivaient. Ils me suivent, c'est ça. C'est comme ça qu'ils sont arrivés à Sonia. Et à Mavros. Ils n'ont pas de liste. Ils ne savent rien de moi. Ils me suivent et, selon comment ils esti-

ment ce qui me lie à quelqu'un, ils le tuent. C'est tout.
Sauf qu'en haut de la liste, Fonfon et Honorine devaient
y être. Parce que ça, ils avaient dû l'enregistrer, que j'y
tenais à eux deux.

— Montale, t'en es où avec la fouille-merde ?
— J'ai une piste, je dis. Je saurai ce soir.
— Bravo. Eh bien à ce soir.

Je pris ma tête entre les mains, pour réfléchir quelques
secondes. Mais c'était tout réfléchi. Je refis le numéro de
Bruno. C'est lui qui décrocha. Ce devait être conseil de
guerre au Castellas.

— C'est encore Montale.

Un silence.

— Elle ne veut pas vous parler.
— Dites-lui que si je monte là-haut, je la tue. Dites-
lui ça.
— J'ai entendu, grogna Babette. On avait mis le son.
— Ils ont buté Mavros, ce matin. Mavros ! je criai.
Tu te souviens, nom de Dieu de merde ! Et les nuits
qu'on a passées à rigoler, avec lui.
— Comment je fais ? elle demanda.
— Comment tu fais quoi ?
— Quand j'arrive à Marseille. Comment je fais ?

Qu'est-ce que j'en savais moi, de comment faire ? Je
n'y avais pas encore songé une seule minute. Je n'avais
aucun plan. Je voulais juste que tout cela cesse. Qu'on
laisse en paix mes proches. Je fermai les yeux. Qu'on ne
touche pas à Fonfon et à Honorine. C'était tout ce que je
voulais.

Et tuer cet enfoiré de fils de pute.

— Je te rappelle plus tard. Je te dirai. Ciao.

— Fabio...

Je n'entendis pas la suite. J'avais raccroché.

Je me remis *Zikr*. Cette musique. Pour apaiser le désordre qui régnait en moi. Calmer cette haine que je ne pouvais apaiser. Je caressai légèrement du doigt la bague que m'avait offerte Didier Perez, et, une nouvelle fois, je me traduisis, selon moi, la prière d'Adbullah Ibrahim. Oui, j'aime cette vie avec abandon et je veux la vivre en liberté. *Inch Allah,* Montale.

12

Où est posée la question du bonheur de vivre dans une société sans morale

Je promenai un regard sur la salle de boxe. Tout m'y était familier. Le ring, l'odeur, la lumière faiblarde. Les sacs d'entraînement, le punching-ball, les haltères. Les murs jaunâtres, avec les affiches. Tout était resté comme nous l'avions laissé la veille. Les serviettes posées sur le banc, les bandages suspendus à la barre fixe.

J'entendis la voix de Takis, le père de Mavros.

— Allez, petit, avance !

J'avais quoi ? Douze ans, peut-être Mavros m'avait dit : «Mon père, il t'entraînera.» Dans ma tête, ça grouillait d'images de Marcel Cerdan. Mon idole. Celle de mon père aussi. Boxer, j'en rêvais. Mais boxer, apprendre à boxer, c'était aussi, d'abord, apprendre à dépasser mes peurs physiques, apprendre à recevoir des coups, apprendre à les rendre. Se faire respecter. Dans la rue, c'était essentiel. Notre amitié, avec Manu, elle avait commencé comme ça, à coups de poing. Rue du Refuge, au Panier. Un soir où je raccompagnais Gélou, ma belle cousine. Il m'avait traité de Rital, cet enfoiré d'Espin-goin ! Un prétexte. Pour déclencher la bagarre et attirer l'attention de Gélou sur lui.

— Allez, tape ! disait Takis.

J'avais tapé, craintif.

— Plus fort ! Merde. Plus fort ! Vas-y, j'ai l'habitude.

Il me tendait sa joue, pour que je frappe. J'avais remis ça. Et puis encore un. Un direct bien appuyé. Takis Mavros avait apprécié.

— Vas-y, fiston.

J'avais frappé une nouvelle fois, avec force cette fois, et il avait esquivé. Mon nez avait heurté violemment son épaule, dure, musclée. Le sang s'était mis à pisser et, un peu hébété, je l'avais regardé tacher le ring.

Du sang, il y en avait plein le ring.

Je n'arrivais pas à en détacher mes yeux. Putain, Georges, je me dis, on n'a même pas pris le temps de se bourrer la gueule une dernière fois !

— Montale.

Hélène Pessayre venait de poser sa main sur mon épaule. La chaleur de sa paume irradia tout mon corps. C'était bon. Je me retournai vers elle. Je lus une pointe de tristesse dans ses yeux noirs, et beaucoup de colère.

— On va discuter.

Elle regarda autour d'elle. Ça grouillait dans la salle. J'avais aperçu les deux flics qui faisaient équipe avec elle. Alain Béraud m'avait adressé un signe de la main. Un geste qui se voulait amical.

— Par là, je dis, en désignant la petite pièce qui servait de bureau à Mavros.

Elle s'y dirigea d'un pas décidé. Elle portait, ce matin, un jeans en toile vert d'eau et tee-shirt noir large, qui couvrait ses fesses. Aujourd'hui, elle devait être armée, pensai-je.

Elle ouvrit la porte et me laissa entrer. Elle la referma derrière elle. On se dévisagea une fraction de seconde. Nous étions de taille presque égale. Sa claque m'arriva en pleine gueule, avant même d'avoir eu le temps de sortir une clope. Sa violence, tout autant que ma surprise, me firent lâcher mon paquet de cigarettes. Je me baissai pour le ramasser. À ses pieds. La joue me brûlait. Je me redressai et la regardai. Elle ne cilla pas.

— J'en avais très envie, elle dit froidement.

Puis sur le même ton :

— Asseyez-vous.

Je restai debout.

— C'est ma première claque. D'une femme, je veux dire.

— Si vous voulez que ce soit la dernière, racontez-moi tout, Montale. Pour ce que je sais de vous, j'ai de l'estime. Mais je ne suis pas Loubet. Je n'ai pas de temps à perdre à vous faire suivre, ni à bâtir des hypothèses sur les choses que vous savez. Je veux la vérité. J'ai horreur du mensonge. je vous l'ai dit hier.

— Et que vous ne me le pardonneriez pas, si je vous mentais.

— Je vous donne une seconde chance.

Deux morts, deux chances. La dernière. Comme une dernière vie. Nos regards s'affrontèrent. Ce n'était pas encore la guerre entre elle et moi.

— Tenez, fis-je.

Et je posai sur la table les cinq disquettes de Babette. Le premier jeu de copies que Cyril m'avait fait cette nuit. Il y avait tenu. Le temps pour Sébastien et ses copains de me faire écouter les nouveaux groupes de rap marseillais. Ma culture s'arrêtait à IAM, et à Massilia Sound System. Je retardais, paraît-il.

Ils me firent découvrir la Fonky Family, des jeunes du Panier et de Belsunce — qui avaient participé aux Bads Boys de Marseille — et le Troisième Œil, qui déboulait direct des quartiers Nord. Le rap, c'était loin d'être mon truc, mais j'étais toujours époustouflé par ce que ça racontait. La justesse du propos. La qualité des textes. Eux, ne chantaient rien d'autre que la vie de leurs copains, dans la rue ou en maison d'arrêt. La mort facile aussi. Et les adolescences qui se terminaient en hôpital psychiatrique. Une réalité que j'avais côtoyée durant des années.

— Qu'est-ce que c'est ? me demanda Hélène Pessayre, sans toucher aux disquettes.

— L'anthologie, la plus à jour, des activités de la Mafia. De quoi foutre le feu de Marseille à Nice.

— À ce point, répondit-elle, volontairement incrédule.

— À tel point que, si vous les lisez, vous aurez du mal, ensuite, à traîner dans les couloirs de l'hôtel de police. Vous vous demanderez qui va vous tirer dans le dos.

— Des flics sont impliqués ?

Elle ne se départait pas de son calme. Je ne savais pas quelle force l'habitait, mais rien ne semblait pouvoir l'ébranler. Comme Loubet. Le contraire de moi. C'était peut-être pour ça que je n'avais jamais réussi à être un bon flic. Mes sentiments étaient trop à fleur de peau.

— Des tas de gens sont impliqués. Hommes politiques, industriels, entrepreneurs. Vous pourrez lire leur nom, combien ils ont touché, dans quelle banque leur fric est placé, le numéro de compte. Tout ça. Quant aux flics...

Elle s'était assise et je l'imitai.

— Vous m'offrez une cigarette ?

Je lui tendis mon paquet, puis du feu. Sa main se posa légèrement sur la mienne pour que j'approche mon briquet.

— Quant aux flics ? reprit-elle.

— On peut dire que ça fonctionne bien, entre eux et la Mafia. Dans l'échange d'informations.

Pendant des années, rapportait Babette dans son document consacré au Var, Jean-Louis Fargette avait acheté à prix fort à des policiers les écoutes téléphoniques de certains hommes politiques. Juste pour s'assurer qu'ils étaient réglo avec lui sur les commissions qui devaient lui revenir. Pour faire pression sur eux, au cas où. Car certaines de ces écoutes portaient sur leur vie privée. Leur vie familiale. Leurs déviances sexuelles. Prostitution. Pédophilie.

Hélène Pessayre tira longuement sur sa cigarette. À la manière de Lauren Bacall. Le naturel en plus. Son visage était tendu vers moi, mais ses yeux regardaient loin devant elle. Dans un quelque part où, sans doute, elle avait ses raisons d'être flic.

— Et encore ? dit-elle en ramenant son regard sur moi.

— Tout ce que vous avez toujours voulu savoir. Tenez...

J'eus devant les yeux un autre extrait de l'enquête que

Babette avait commencé à rédiger. « Les affaires légales et illégales sont de plus en plus imbriquées, introduisant un changement fondamental dans les structures du capitalisme d'après-guerre. Les Mafias investissent dans les affaires légales et, inversement, celles-ci canalisent des ressources financières vers l'économie criminelle, à travers la prise de contrôle de banques ou d'entreprises commerciales impliquées dans le blanchiment d'argent sale ou qui ont des relations avec les organisations criminelles.

« Les banques prétendent que ces transactions sont effectuées de bonne foi et que leurs dirigeants ignorent l'origine des fonds déposés. Non seulement les grandes banques acceptent de blanchir l'argent, en échange de lourdes commissions, mais elles octroient également des crédits à taux élevés aux Mafias criminelles, au détriment des investissements productifs indutriels ou agricoles.

« Il existe, écrivait encore Babette, une relation étroite entre la dette mondiale, le commerce illicite et le blanchiment d'argent. Depuis la crise de la dette au début des années 80, le prix des matières premières a plongé, entraînant une baisse dramatique des pays en voie de développement. Sous l'effet des mesures d'austérité dictées par les créanciers internationaux, des fonctionnaires sont licenciés, des entreprises nationales bradées, des investissements publics gelés, et des crédits aux agriculteurs et aux industriels réduits. Avec le chômage rampant et la baisse des salaires, l'économie légale est en crise. »

Nous en étions là, m'étais-je dit dans la nuit, en lisant ces phrases. À cette misère humaine qui remplissait déjà toutes les cases de ce qu'on nommait l'avenir. À combien s'était élevée l'amende pour cette mère de famille qui avait volé des steaks dans un supermarché ? De combien de mois de prison avaient écopé les gamins de Strasbourg pour les vitres brisées des bus ou des abribus de la ville ?

Les propos de Fonfon m'étaient revenus à l'esprit. Un journal qui n'a pas de morale n'est pas un journal. Oui, et une société sans morale n'est plus la société. Un pays sans morale non plus. Il était plus simple d'envoyer les flics déloger les comités de chômeurs dans les A.N.P.E. que de s'attaquer aux racines du mal. Cette saloperie qui rongeait l'humanité jusqu'à l'os.

Bernard Bertossa, le procureur général de Genève, déclarait à la fin de son entretien avec Babette : « Voilà plus de deux ans que nous avons gelé de l'argent provenant d'un trafic de drogue en France. Les auteurs ont été condamnés, mais la justice française ne m'a toujours pas présenté de demande de restitution, malgré nos avis répétés. »

Oui, nous en étions là, à ce degré zéro de la morale.

Je regardai Hélène Pessayre.

— Ce serait trop long à vous expliquer. Lisez-les, si vous pouvez. Moi, je me suis arrêté à la liste des noms. Pas vraiment le courage de savoir la suite. Je n'étais pas sûr, après, d'avoir du bonheur à regarder la mer de ma terrasse.

Elle avait souri.

— D'où tenez-vous ces disquettes ?

— D'une amie. Une amie journaliste. Babette Bellini.

Elle a passé ces dernières années sur cette enquête. Une obsession.

— Quel rapport avec la mort de Sonia De Luca et de Georges Mavros ?

— La Mafia a perdu sa trace, à Babette. Ils veulent lui remettre la main dessus. Pour récupérer certains documents. Certaines listes, je pense. Celles où sont mentionnés les banques, les numéros individuels des comptes.

Je fermai les yeux une demi-seconde. Le temps de revoir le visage de Babette, son sourire, puis j'ajoutai :

— Et la flinguer ensuite, bien sûr.

— Et vous là-dedans ?

— Les tueurs m'ont demandé de la retrouver. Pour m'y inciter, ils assassinent ceux que j'aime. Ils sont prêts à continuer, jusqu'aux êtres qui me sont vraiment très proches.

— Vous aimiez Sonia ?

Sa voix avait perdu toute dureté. C'était une femme qui parlait à un homme. D'un homme et d'une autre femme. Presque avec complicité.

Je haussai les épaules.

— J'avais envie de la revoir.

— C'est tout ?

— Non, ce n'est pas tout, répondis-je sèchement.

— Mais encore ?

Elle insistait, sans méchanceté. M'obligeant à parler de ce que j'avais ressenti durant cette nuit. Mon estomac se noua.

— C'était au-delà du désir que peut inspirer une femme ! dis-je en élevant le ton. Vous comprenez ? J'ai cru sentir passer quelque chose de possible, entre elle et moi. Vivre ensemble, par exemple.

— Dans une seule soirée ?

— Une soirée ou cent, un regard ou mille, ça ne change rien.

J'avais envie de hurler maintenant.

— Montale, murmura-t-elle.

Et cela m'apaisa. Sa voix. Cette intonation qu'elle mettait pour prononcer mon nom, et qui semblait charrier toutes les joies, tous les rires de ses étés à Alger.

— On le sait tout de suite, je crois, si ce qui passe entre deux êtres, c'est juste de s'envoyer en l'air ou de construire quelque chose. Non ?

— Oui, je le crois aussi, dit-elle sans me lâcher des yeux. Vous êtes malheureux, Montale ?

Merde ! Est-ce que je portais le malheur sur mon visage ? Sonia, l'autre jour, l'avait dit à Honorine. Hélène Pessayre, maintenant, me balançait ça en pleine figure. Est-ce que Lole avait vidé à ce point les tiroirs du bonheur dans mon corps ? Est-ce qu'elle avait vraiment emporté tous mes rêves ? Toutes mes raisons de vivre ? Ou était-ce moi, tout simplement, qui ne savais plus les chercher en moi ?

Après le départ de Pascale, Mavros m'avait raconté :

— Tu vois, elle a tourné les pages à une vitesse folle. Cinq ans de rires, de joies, d'engueulades parfois, d'amour, de tendresse, de nuits, de réveils, de siestes, de rêves, de voyages... Tout ça, jusqu'au mot fin. Qu'elle a écrit elle-même, de sa main. Et elle a emporté le livre avec elle. Et moi...

Il pleurait. Je l'écoutais, silencieux. Désarmé devant tant de douleur.

— Et moi, j'ai plus de raison de vivre. Pascale, c'est la femme que j'ai le plus aimée. La seule, Fabio, la seule, putain de merde ! Maintenant, les choses, je les fais sans passion. Parce qu'il faut les faire, hein. Que c'est ça la vie. Faire des choses. Mais dans ma tête, y a plus rien. Et dans mon cœur non plus.

Du doigt, il avait frappé sa tête, puis son cœur.

— Rien.

Je n'avais rien pu lui répondre. Rien, justement. Parce qu'il n'y avait pas de réponse à ça. Je l'avais su quand Lole m'avait quitté.

Cette nuit-là, Mavros je l'avais ramené à la maison. Après un grand nombre de haltes dans des bars du port. Du Café de la Mairie au Bar de la Marine. Avec une longue halte aussi chez Hassan. Je l'avais couché sur le canapé, ma bouteille de Lagavulin à portée de main.

— Ça ira ?

— J'ai tout ce qu'il me faut, il avait dit en montrant la bouteille.

Puis j'étais parti me glisser contre le corps de Lole. Chaud et doux. Mon sexe contre ses fesses. Et une main posée sur son sein. Je la tenais comme un enfant qui apprend à nager s'accroche à sa bouée. Avec désespoir. L'amour de Lole me permettait de garder la tête hors de l'eau de la vie. De ne pas couler. De ne pas être emporté par le flot.

— Vous ne répondez pas ? demanda Hélène Pessayre.

— Je voudrais l'assistance d'un avocat.

Elle éclata de rire. Cela me fit du bien.

On frappa à la porte.

— Oui.

C'était Béraud. Son équipier.

— On a fini, commissaire. (Il me regarda.) Il pourra l'identifier ?

— Oui, je dis. Je le ferai.

— Encore quelques minutes, Alain.

Il referma la porte. Hélène Pessayre se leva et fit quelques pas dans l'étroit bureau. Puis elle se planta devant moi.

— Si vous la retrouviez, Babette Bellini, vous me le diriez ?

— Oui, répondis-je, sans hésiter, en la regardant droit dans les yeux.

Je me levai à mon tour. Nous étions face à face, comme tout à l'heure avant qu'elle ne me gifle. La question essentielle était sur ma langue.

— Et qu'est-ce qu'on ferait après ? Si je la retrouve ?

Pour la première fois, je sentis un léger désarroi en elle. Comme si elle venait de deviner les mots qui allaient suivre.

— Vous la mettriez sous protection. C'est ça ? Jusqu'à ce que vous arrêtiez les tueurs, si vous y arrivez. Et puis quoi, après ? Quand d'autres tueurs viendront. Et puis d'autres.

C'était ma manière à moi de donner des baffes. De dire l'inentendable pour les flics. L'impuissance.

— D'ici là, c'est pas à Saint-Brieuc, comme Loubet, qu'on vous aura mutée, c'est à Argenton-sur-Creuse !

Elle pâlit, et je regrettai de m'être emporté après elle.

Cette mesquinerie qui consistait à me venger de sa claque avec quelques paroles méchantes.

— Excusez-moi.

— Vous avez une idée, un plan ? m'interrogea-t-elle froidement.

— Non, rien. Juste l'envie de me trouver face au type qui a tué Sonia et Georges. Et de le buter.

— C'est vraiment con.

— Peut-être. Mais c'est la seule justice pour ces pourritures.

— Non, précisa-t-elle, c'est vraiment con que vous risquiez votre vie.

Ses yeux noirs se posèrent avec douceur sur moi.

— À moins que vous ne soyez si malheureux.

13

Où il est plus facile d'expliquer
aux autres que de comprendre
soi-même

Les sirènes des pompiers me tirèrent brutalement du sommeil. L'air qui entrait par la fenêtre sentait le brûlé. Un air chaud et nauséabond. Je l'appris après, le feu avait démarré dans une décharge publique. À Septèmes-les-Vallons, une commune qui jouxtait Marseille au nord. À deux pas d'ici, de l'appartement de Georges Mavros.

J'avais dit à Hélène Pessayre :

— Ils me suivent. J'en suis sûr. Sonia, elle m'a raccompagné, l'autre nuit. Elle a dormi chez moi. Ils n'ont eu qu'à la filer pour arriver chez elle. Mavros, c'est moi qui les y ai amenés. Si je vais voir un pote, tout à l'heure ou demain, il va se retrouver sur leur liste.

Nous étions toujours dans le bureau de Mavros. À tenter de mettre un plan sur pied. Pour me dégager de l'étau dans lequel j'étais pris. Le tueur rappellerait ce soir. Maintenant, il attendait des faits. Que je lui dise où était Babette, ou quelque chose comme ça. Si je ne lui donnais pas de vraies assurances, il tuerait quelqu'un d'autre. Et cela pouvait être Fonfon ou Honorine, s'il ne trouvait pas un de mes copains ou copines à se mettre sous la dent.

— Je suis coincé, lui mentis-je

C'était il y a moins d'une heure.

— Je peux difficilement bouger sans mettre en cause la vie de quelqu'un qui m'est proche.

Elle me regarda. Je commençais à connaître ses regards. Dans celui-là, sa confiance n'était pas totale. Un doute persistait.

— C'est une chance, finalement.

— Quoi ?

— Que vous ne puissiez plus bouger, répondit-elle avec un soupçon d'ironie. Non, je veux dire, qu'ils vous filent, c'est ça leur point faible.

Je voyais où elle voulait en venir. Ça ne me plaisait pas vraiment.

— Je ne vous suis pas.

— Montale ! Arrêtez de me prendre pour une idiote. Vous voyez très bien ce que je veux dire. Ils vous suivent, et nous on va leur coller au train.

— Et vous leur sautez dessus au premier feu rouge, c'est ça ?

Je regrettai immédiatement mes paroles. Un voile de tristesse altéra ses yeux.

— Je regrette, Hélène.

— Offrez-moi une cigarette.

Je lui tendis mon paquet.

— Vous n'en achetez jamais ?

— Vous en avez toujours. Et... on se voit souvent, non ?

Elle dit ça sans sourire. D'un ton las.

— Montale, elle poursuivit doucement, on n'arrivera à rien tous les deux si vous n'y mettez pas un peu de...

Elle chercha ses mots, en tirant longuement sur sa cigarette.

—... Si vous ne croyez pas à ce que je suis. Pas au flic que je suis. Non, à la femme que je suis. Je croyais que vous auriez compris, après notre discussion au bord de la mer.

— Qu'est-ce que j'aurais dû comprendre ?

Ces mots m'échappèrent. À peine prononcés, ils se mirent à résonner dans ma tête. Cruellement. J'avais dit exactement la même chose à Lole, cette nuit-là, terrible, où elle m'avait annoncé que tout était fini. Les années passaient, et moi j'en étais toujours à poser la même question. Ou plus exactement à ne rien comprendre à la vie. « Si on repasse toujours au même endroit, avais-je expliqué une nuit à Mavros, après le départ de Pascale, c'est qu'on tourne en rond. Qu'on est perdu... » Il avait hoché la tête. Il tournait en rond. Il était perdu. Il est plus facile d'expliquer aux autres ces choses-là que de les comprendre soi-même, pensai-je.

Hélène Pessayre eut le même sourire que Lole à ce moment-là. Sa réponse différa légèrement.

— Pourquoi vous ne faites pas confiance aux femmes ? Qu'est-ce qu'elles vous ont fait, Montale ? Elles ne vous ont pas assez donné ? Elles vous ont déçu ? Elles vous ont fait souffrir, c'est ça ?

Une nouvelle fois, cette femme me désarçonnait.

— Peut-être. Souffrir, oui.

— Moi aussi, j'ai été déçue par des hommes. Moi aussi, j'ai souffert. Est-ce que je devrais vous détester pour autant ?

— Je ne vous déteste pas.

— Je vais vous dire une chose, Montale. Parfois, quand vos yeux se posent sur moi, j'en suis toute retournée. Et je sens des flots d'émotion monter en moi.

— Hélène, tentai-je de la couper.

— Taisez-vous, bon sang ! Quand vous regardez une femme, moi ou une autre, vous allez directement à l'essentiel. Mais vous y allez avec vos peurs, vos doutes, vos angoisses, tout ce merdier qui vous étreint le cœur, et qui vous fait dire : « Ça ne va pas marcher, ça ne marchera pas. » Jamais avec cette certitude de bonheur possible.

— Vous y croyez, vous, au bonheur ?

— Je crois aux rapports vrais entre les gens. Entre les hommes et les femmes. Sans peur, sans mensonges donc.

— Ouais. Et ça nous amène où ?

— À ceci. Pourquoi vous tenez tant à flinguer ce type, ce tueur ?

— À cause de Sonia. De Mavros, maintenant.

— Mavros, je l'admets. C'était votre ami. Mais Sonia ? Je vous ai déjà posé la question. Est-ce que vous l'aimiez ? Est-ce que vous avez senti que vous l'aimiez dans cette nuit ? Vous ne m'avez pas répondu. Juste dit que vous aviez envie de la revoir.

— Oui, envie de la revoir. Et que...

— Et que, peut-être, ou sans doute... c'est ça ? Comme d'habitude, quoi. Hein. Et vous partiez la revoir avec une partie de vous-même incapable d'entendre son attente, ses désirs ? Est-ce que vous avez su donner un jour, réellement ? Tout donner à une femme ?

— Oui, lâchai-je, en pensant à mon amour pour Lole.

Hélène Pessayre me regarda avec tendresse. Comme l'autre midi à la terrasse de chez Ange, quand elle avait posé sa main sur la mienne. Mais, cette fois encore, elle n'allait pas me dire je t'aime. Ni venir se blottir dans mes bras. J'en étais sûr.

— Vous, vous le croyez, Montale. Mais moi, moi je ne vous crois pas. Et cette femme, non plus, elle ne l'a pas cru. Vous ne lui avez pas donné votre confiance. Vous ne lui avez pas dit que vous croyiez en elle. Et pas montré, non plus. Pas suffisamment en tout cas.

— Pourquoi vous ferais-je confiance ? dis-je. Parce que c'est là que vous voulez en venir. C'est ça que vous me demandez ? De vous faire confiance.

— Oui. Une fois dans votre vie, Montale. À une femme. À moi. Et alors ce sera réciproque. Si nous mettons un plan au point, tous les deux, je veux être sûre de vous. Je veux être sûre de vos raisons de tuer ce type.

— Vous me laisseriez le tuer ? dis-je surpris. Vous ?

— Si ce qui vous anime, ce n'est pas la haine, pas le désespoir. Si c'est l'amour. Cet amour que vous sentiez naître pour Sonia, oui. Vous savez, j'ai pas mal de certitude. Un fort sens moral aussi. Mais... Selon vous, de combien a écopé Giovanni Brusca, le tueur le plus sanguinaire de la Mafia ?

— Je ne savais pas qu'il avait été arrêté.

— Il y a un an. Chez lui. Il mangeait des spaghettis avec sa famille. Vingt-six ans. Il avait tué, au T.N.T., le juge Falcone.

— Et un enfant de onze ans.

— Vingt-six ans seulement. Je n'aurais aucun remords si ce type, ce tueur crevait, plutôt que de passer en justice. Mais... nous n'en sommes pas là.

Non, nous n'en étions pas là. Je me levai. J'entendais toujours les sirènes de pompiers de toutes parts. L'air était âcre, dégueulasse. Je fermai la fenêtre. J'avais dormi une demi-heure sur le lit de Mavros. Hélène Pessayre et son équipe étaient partis. Et moi, avec son accord, j'étais monté à l'appartement de Mavros, au-dessus de la salle de boxe. Je devais attendre là. Jusqu'à ce qu'une autre équipe vienne pour repérer la voiture des types qui me suivaient. Car nous n'en doutions pas, ils étaient là devant la porte, ou presque.

— Vous avez les moyens de faire ça ?

— J'ai deux cadavres sur les bras.

— Vous avez évoqué cette hypothèse de la Mafia, dans vos rapports ?

— Non, bien sûr.

— Pourquoi ?

— Parce que l'enquête me serait retirée, sans doute.

— Vous prenez des risques.

— Non. Je sais exactement où je mets les pieds.

L'appartement de Mavros était parfaitement en ordre. C'en était presque morbide. Tout était comme avant le départ de Pascale. Quand elle était partie, elle n'avait rien emporté, ou presque. Des bricoles, quoi. Des bibelots, des objets que Mavros lui avait offerts. Un peu de vaisselle. Quelques CD, quelques livres. La télé. L'aspirateur neuf qu'ils venaient d'acheter.

Des amis communs à eux deux, Jean et Bella, laissaient à Pascale, pour un loyer modeste, la petite maison familiale, entièrement meublée, qu'ils occupaient rue Villa-Paradis, un coin tranquille de Marseille, en haut de la rue Breteuil. Leur troisième enfant venait de naître, et la maison, étroite, sur deux niveaux, était devenue trop petite pour eux.

Pascale avait immédiatement adoré cette maison. La rue ressemblait encore à celle d'un village et, sans doute, y ressemblerait pendant de longues années encore. À Mavros qui ne comprenait pas, elle avait expliqué : « Je ne te quitte pas à cause de Benoît. Je pars pour moi. J'ai besoin de repenser ma vie. Pas la nôtre. La mienne. Peut-être qu'un jour, j'arriverai à te voir, enfin, tel que je dois te voir, tel que je te voyais avant. »

Mavros avait fait de cet appartement le cercueil de ses souvenirs. Le lit même sur lequel je m'étais laissé tomber tout à l'heure, complètement vanné, semblait ne plus avoir été défait depuis le départ de Pascale. Je comprenais mieux maintenant pourquoi il s'était empressé de trouver une petite copine. Pour ne pas avoir à dormir là.

Le plus triste, c'était dans les chiottes. Sous une vitre, il y avait, les unes collées aux autres, toutes les meilleures photos de leurs années de bonheur. J'imaginais Mavros en train de pisser matin, midi et soir, en regardant défiler l'échec de sa vie. Il aurait dû enlever ça, au moins ça, me dis-je.

Je défis la vitre et la posai délicatement par terre. Une photo d'eux me tenait à cœur. C'est Lole qui l'avait prise, un été, chez des amis à La Ciotat. Georges et Pascale dormaient sur un banc du jardin. La tête de Georges reposait sur l'épaule de Pascale. Ils respiraient la paix. Le bonheur. Je la décollai délicatement et la glissai dans mon portefeuille.

Le téléphone sonna. C'était Hélène Pessayre.

— Ça y est, Montale. Mes hommes sont en place. Ils les ont repérés. Ils sont garés devant l'immeuble n° 148. Une Fiat Punto, bleu métallisé. Ils sont deux.

— Bon, dis-je.

J'étais oppressé.

— On s'en tient à ce qu'on a dit ?

— Oui.

J'aurai dû être plus bavard, ajouter quelques mots. Mais je venais de trouver la solution pour rencontrer Babette sans risque, et en dehors de tout le monde. Hélène Pessayre y compris.

— Montale ?

— Oui.

— Ça va ?

— Ouais. C'est quoi, les pompiers ?

— Un feu. Énorme. Il est parti de Septèmes, mais il s'étend paraît-il. Un nouveau foyer aurait démarré vers Plan-de-Cuques, mais je n'en sais pas plus. Le pire, c'est que les canadairs sont cloués au sol, à cause du mistral.

— Saloperie, je dis. (Je respirai un grand coup.) Hélène ?

— Quoi ?

— Avant de rentrer chez moi, comme prévu, j'ai... je dois m'arrêter chez un vieil ami.

— C'est qui ?

Un léger doute était revenu dans sa voix.

— Hélène, il n'y a pas d'entourloupe. Félix, il s'appelle. Il tenait un restaurant rue Caisserie. J'avais promis d'aller le voir. On fait souvent équipe à la pêche. Il habite au Vallon-des-Auffes. Je dois y aller, avant de rentrer.

— Pourquoi vous ne m'en avez pas parlé tout à l'heure ?

— Je viens de m'en souvenir.

— Appelez-le.

— Il n'a pas le téléphone. Depuis que sa femme est morte et qu'il s'est mis à la retraite, il veut qu'on lui foute la paix. Quand on veut l'appeler, il faut laisser un message à la pizzeria d'à côté.

Tout cela était vrai. Je rajoutai :

— Et il n'a pas besoin de m'entendre, il a besoin de me voir.

— Ouais.

Je crus l'entendre soupeser le pour et le contre.

— Et on fait comment ?

— Je me gare dans le parking du Centre-Bourse. Je monte dans le centre commercial, j'en ressors et je prends un taxi. J'en ai pour une heure.

— Et s'ils vous suivent ?

— Je verrai.

— O.K.

— À plus tard.

— Montale, si vous aviez une piste, pour Babette Bellini ? Ne m'oubliez pas.

— Je ne vous oublie pas, commissaire.

Une épaisse colonne de fumée noire s'élevait au-dessus des quartiers Nord. L'air chaud s'insinua dans mes poumons, et je me dis que si le mistral ne faiblissait pas, nous allions vivre avec ça plusieurs jours. Des jours douloureux. La forêt qui brûlait, la végétation, et même la plus maigrelette des garrigues, était un drame pour cette région. Tout le monde avait encore en mémoire le terrible incendie qui, en août 1989, avait ravagé trois mille cinq cents hectares sur les flancs de la montagne Sainte-Victoire.

J'entrai dans le bar le plus proche et commandai un demi. Le patron, comme tous les clients, avait l'oreille rivée sur Radio France Provence. Le feu avait bel et bien « sauté » et il embrasait la zone verte du petit village de Plan-de-Cuques. On commençait à évacuer les habitants des villas isolés.

Je repensai à mon plan pour mettre Babette à l'abri. Il tenait parfaitement la route. À une seule condition, que le mistral tombe. Et le mistral pouvait souffler un, trois, six ou neuf jours.

Je vidai mon verre et me fis resservir. Les dés sont jetés, pensai-je. On verrait bien si j'avais encore un avenir. Si non, il y avait certainement un endroit sous terre où, avec Manu, Ugo et Mavros, on pourrait se taper une belote peinards.

14

Où l'on retrouve le sens exact de l'expression, un silence de mort

Je démarrai. Et derrière moi, ça allait suivre. La bagnole des types de la Mafia. Celle des flics. D'être pris en filature, dans d'autres circonstances, m'aurait amusé. Mais je n'avais pas le cœur à sourire. Je n'avais le cœur à rien. Simplement à faire ce que j'avais décidé. Sans aucun état d'âme. Me connaissant, moins j'en aurais, des états d'âme, et plus j'avais des chances d'aller jusqu'au bout de mon plan.

J'étais vanné. La mort de Mavros s'installait en moi. Froidement. Son cadavre faisait son lit dans mon corps. J'étais son cercueil. D'avoir dormi une heure avait évacué tout le flot de sentiments qui m'avait submergé en revoyant son visage une dernière fois.

D'un geste assuré, Hélène Pessayre avait découvert le haut du visage de Mavros. Jusqu'au menton. Elle m'avait jeté un regard furtif. C'était juste une formalité, que je l'identifie. Je m'étais penché lentement au-dessus du corps de Georges. Avec tendresse, et du bout des doigts, j'avais caressé ses cheveux grisonnants, puis j'avais embrassé son front.

— Salut, vieux, j'avais dit en serrant les dents.

Hélène Pessayre, glissant son bras sous le mien, m'avait rapidement entraîné à l'autre bout de la salle.

— Il a de la famille ?

Angelica, sa mère, était repartie à Nauplie, dans le sud du Péloponnèse, après la mort de son mari. Panayotis, son frère aîné, vivait à New York depuis vingt ans. Ils ne s'étaient jamais revus. Andreas, le plus jeune des trois, était installé à Fréjus. Mais Georges était fâché avec lui depuis dix ans. Lui et sa femme avaient glissé du vote socialiste en 81, au vote R.P.R., puis Front National. Quant à Pascale, je n'avais pas envie de l'appeler. Je ne savais même plus si j'avais conservé son nouveau numéro de téléphone. Elle était sortie de la vie de Mavros. Et de la mienne du même coup.

— Non, mentis-je. J'étais son seul ami.

Le dernier.

Maintenant, il n'y avait plus une seule personne à Marseille que je pouvais appeler. Bien sûr, il restait pas mal de gens que j'aimais bien, comme Didier Perez et quelques autres. Mais aucun à qui je pouvais dire : « Tu te souviens... » L'amitié, c'était cela, cette somme de souvenirs communs que l'on peut mettre sur la table en accompagnement d'un beau loup grillé au fenouil. Seul le « Tu te souviens » permet de confier sa vie la plus intime, ces contrées de soi où règne le plus souvent la confusion.

Mavros, durant des années, je l'avais abreuvé de mes doutes, de mes peurs, de mes angoisses. Lui, il me prenait régulièrement la tête avec ses certitudes, ses opinions carrées, ses espoirs à l'emporte-pièce. Et quand nous avions vidé une ou deux bouteilles de vin, selon nos humeurs, nous en arrivions toujours à la conclusion que, par n'importe quel bout que l'on prenne la vie, on se retrouvait invariablement à ce point où les joies et les peines n'étaient qu'une éternelle loterie.

Arrivé au Centre-Bourse, je fis comme je l'avais prévu. Je trouvai à me garer sans trop de problème au second sous-sol. Puis je pris l'escalator conduisant au centre commercial. L'air frais des climatiseurs me surprit agréablement. J'aurais bien passé le reste de l'après-midi là. Il y avait affluence. Le mistral avait chassé les Marseillais des plages, et chacun tuait le temps comme il le pouvait. Surtout les jeunes. Ils pouvaient mater les filles et ça coûtait moins cher qu'une place de cinéma.

J'avais parié qu'un des deux hommes de main de la Mafia me suivrait. J'avais aussi parié que cela ne l'enchanterait pas de me voir traîner dans les rayons des soldes d'été. Aussi, après avoir flâné un petit moment entre chemises et pantalons, j'empruntai l'escalator central pour accéder au second niveau. Là, une passerelle métallique enjambait la rue Bir-Hakeim et la rue des Fabres. Un autre escalator permettait de rejoindre la Canebière. Je fis ça, le plus nonchalamment possible.

La station de taxis était à deux pas, et cinq chauffeurs, devant leur voiture, désespéraient de voir arriver un client.

— Vous avez vu ça ? me lança le chauffeur en montrant son pare-brise.

Une fine suie noire s'était déposée. C'est alors que je remarquai qu'il floconnait de la cendre. Le feu devait être énorme.

— Saloperie de feu, je dis.

— Saloperie de mistral, oui ! Ça brûle et personne peut rien faire. Je sais plus combien ils en ont envoyé, des pompiers, des secours. Mille cinq cents, mille huit cents... Mais, putain, ça part de partout. Même que ça gagnerait Allauch.

— Allauch !

C'était une autre commune limitrophe de Marseille. Un millier d'habitants. Le feu embrasait la ceinture verte de la ville, emportant la forêt. D'autres villages allaient se trouver sur sa route. Simiane, Mimet...

— En plus, ils sont tous engagés pour protéger les gens, les habitations.

Toujours la même histoire. Les efforts des pompiers, les largages d'eau des canadairs — quand ils pouvaient voler —, se concentraient en priorité sur la protection des villas, des lotissements. On pouvait se demander pourquoi il n'existait pas une réglementation stricte. À faire respecter par les constructeurs. Des volets pleins. Des barrières de brumisation. Des réservoirs d'eau. Des zones pare-feu. Souvent même, les véhicules de pompiers ne pouvaient pas passer entre les maisons et les fronts du feu.

— Qu'est-ce qu'ils disent, pour le mistral ?

— Qu'il devrait tomber dans la nuit. Faiblir, quoi. Putain, si ça pouvait être vrai.

— Ouais, je dis, pensif.

J'avais le feu en tête. Oui, bien sûr. Mais pas seulement le feu.

— On peut pas savoir, Fabio, me dit Félix.

Félix fut surpis de me voir débarquer. Surtout dans l'après-midi. Je lui rendais visite tous les quinze jours. Le plus souvent en quittant le bar de Fonfon. Je venais prendre l'apéro avec lui. On bavardait une paire d'heures. La mort de Céleste l'avait sacrément secoué. Les premiers temps, Félix, on crut qu'il allait se laisser mourir. Il ne mangeait plus rien, et il refusait de sortir. Il n'avait même plus envie d'aller à la pêche, et ça, c'était vraiment mauvais signe.

Félix n'était qu'un pêcheur du dimanche. Mais il appartenait à la communauté des pêcheurs du Vallon-des-Auffes. Une communauté d'Italiens, de la région de Rapallo, Santa Margerita et Maria del Campo. Et il était, avec Bernard Grandona et Gilbert Georgi, un des artisans de la fête des patrons pêcheurs. La Saint-Pierre. L'année dernière, Félix, il m'avait embarqué sur son pointu pour assister à la cérémonie au large de la grande digue. Corne de brume, pluie de fleurs et de pétales en mémoire de ceux qui sont morts en mer.

Honorine, l'amie d'enfance de Céleste, puis Fonfon me relayèrent pour tenir compagnie à Félix. On l'invitait à manger le week-end. Je venais le chercher, je le ramenais. Puis un dimanche matin, c'est en bateau qu'il arriva chez moi, Félix. Il apportait le poisson de sa pêche. Une belle pêche. Daurades, girelles, et même quelques muges.

— Oh putain ! il rigola en montant les marches de ma terrasse, t'as même pas fait les braises !

Pour moi, ce moment fut plus émouvant que la Saint-

Pierre. Une fête de la vie sur la mort. On avait arrosé ça, comme il se doit et, pour la énième fois, Félix nous raconta que son grand-père, quand il voulut se marier, c'était à Rapallo qu'il était parti chercher sa femme. Avant qu'il ne termine, Fonfon, Honorine et moi, on s'écria en chœur :

— Et à la voile, s'ils vous plaît !

Il nous avait regardés, éberlué.

— Je radote, hein.

— Mais non, Félix, lui répondit Honorine. C'est pas radoter, ça. Vé, les souvenirs, tu peux les raconter cent fois. C'est le plus beau de la vie. On se les partage, et c'est encore meilleur.

Et l'un après l'autre, ils égrenèrent les leurs. L'après-midi y passa et aussi quelques bouteilles de blanc de Cassis. Du Fontcreuse, que je gardais toujours pour les bons jours. Puis, forcément, on avait parlé de Manu et d'Ugo. Dans son restaurant, à Félix, on y avait nos habitudes depuis l'âge de quinze ans. Félix et Céleste nous nourrissaient de pizzas au figatelli, de spaghetti aux clovisses et de lazagnettes à la brousse. C'est là que, une fois pour toutes, nous avions appris ce que c'était une vraie bouillabaisse. Même Honorine n'arrivait pas, sur ce plat-là, à égaler son amie Céleste. Manu, c'est en sortant de chez Félix qu'il s'était fait tuer, il y a cinq ans. Mais nos souvenirs savaient s'arrêter avant ce moment précis. Ugo et Manu étaient toujours vivants. Mais ils n'étaient pas avec nous, voilà, et ils nous manquaient. Comme Lole.

Félix s'était mis à chanter *Maruzzella,* la chanson favorite de mon père. On reprit le refrain tous en chœur, et chacun put y aller de ses larmes sur ceux qu'on aimait et qui n'étaient plus là. *Maruzzella, o Maruzzella...*

Félix me regarda, avec au fond des yeux la même peur que pouvaient avoir Fonfon et Honorine quand ils devinaient que les emmerdements planaient au-dessus de ma tête. Il était devant sa fenêtre quand j'étais arrivé, le regard tourné vers la mer, sa collection des *Pieds-Nickelés* à côté de lui sur la table. Il ne lisait que ça, Félix, et il les relisait sans cesse. Et plus le temps passait, plus il ressemblait à Ribouldingue, la barbe en moins.

On parla du feu. Sur le Vallon-des-Auffes aussi, il pleuvait des fines cendres. Et Félix me confirma que l'incendie s'était déplacé sur Allauch. De l'avis même du commandant du service départemental d'incendie, il venait de l'entendre aux informations, on courait à la castastrophe.

Il rapporta deux bières.

— T'as un problème ? il me demanda.

— Ouais, je répondis. Grave.

Et je lui racontai toute l'histoire.

La Mafia, les truands, Félix en connaissait un bout. Un de ses oncles, du côté de sa femme, Charles Sartène, avait été un des porte-flingues de Mémé Guérini. Le chef incontesté du milieu marseillais après la guerre. J'en arrivai le plus doucement à Sonia. Puis à Mavros. Leur mort. Puis je lui expliquai que, en haut de l'échelle, il y avait, en jeu, la vie de Fonfon et d'Honorine. Ses rides, me sembla-t-il, se creusèrent plus profondément.

Je lui expliquai ensuite comment j'étais venu jusqu'à lui, les précautions que j'avais prises pour fausser compagnie aux tueurs. Il haussa les épaules. Ses yeux se détournèrent des miens pour s'attarder, comme un flâneur, sur le petit port du Vallon-des-Auffes. On était là loin du tumulte du monde. Un havre de paix. Comme aux Goudes. Un de ces lieux où Marseille s'invente dans le regard que l'on porte sur elle.

Des vers de Louis Brauquier se mirent à chanter dans ma tête :

Je suis en marche vers les gens de mon silence
Lentement, vers ceux près de qui je peux me taire ;
Je vais venir de loin, entrer et puis m'asseoir.
Je viens chercher ce qu'il me faut pour repartir.

Félix ramena son regard vers moi. Ses yeux étaient légèrement troubles, comme s'il avait pleuré en dedans de lui. Il ne fit aucun commentaire.

— J'interviens où dans tout ça ? il demanda simplement.

— J'ai pensé, commençai-je, que le moyen le plus sûr pour que je puisse rencontrer Babette, c'est en mer. Ils planquent devant chez moi, ces mecs. Si je sors le bateau, la nuit, ils vont pas me coller au cul. Ils attendront que je revienne. L'autre nuit, ça s'est passé comme ça.

— Ouais.

— Babette, je lui dis de venir ici. Tu l'emmènes au Frioul. Et moi, je vous retrouve là-bas. J'apporte à manger et à boire.

— Elle va accepter, tu crois ?

— De venir ?

— Non, ce que tu as en tête. Qu'elle renonce à publier son enquête... Enfin, ces trucs qui compromettent des tas de gens.

— Je ne sais pas.

— Ça ne changera rien, tu sais. Ils la tueront quand même. Et toi aussi, sans doute. Ces gens-là...

Félix, il n'avait jamais pu comprendre comment on pouvait devenir tueur. Être tueur de profession. Il m'avait souvent parlé de ça. Des rapports avec Charles Sartène. L'Oncle, comme on disait dans sa famille. Un type adorable. Gentil. Attentionné. Félix avait de merveilleux souvenirs de réunions familiales, avec l'Oncle en bout de table. Toujours très élégant. Et les enfants venant s'asseoir sur ses genoux. Un jour, quelques années avant sa mort, à Antoine, l'un de ses neveux qui voulait devenir journaliste, l'Oncle avait dit :

— Ah ! Si j'étais plus jeune, j'y allais moi, au *Provençal,* je t'en tuais un ou deux, dans les étages supérieurs, et tu aurais vu, petit, ils t'embauchaient tout de suite.

Tout le monde avait rigolé. Félix, qui devait alors avoir dans les dix-neuf ans, n'avait jamais oublié ces mots. Ni les rires qui avaient suivi. Il avait refusé d'aller à l'enterrement de l'Oncle, et il s'était fâché pour toujours avec la famille. Il ne l'avait jamais regretté.

— Je sais, je repris. Mais ce risque, je dois le prendre, Félix. Une fois que j'aurai parlé avec Babette, je verrai. Puis je n'agirai pas seul, j'ajoutai pour le rassurer. J'en ai parlé avec un flic...

Peur et colère se mêlèrent au fond de ses yeux.

— Tu veux dire que tu en as parlé aux flics ?

— Pas aux flics. À un flic. Une femme. Celle qui enquête sur la mort de Sonia et de Mavros.

Il haussa les épaules, comme tout à l'heure. Avec plus de lassitude peut-être.

— Si les flics y sont mêlés, moi je marche pas, Fabio. Ça complique tout. Et ça augmente les risques. Putain, tu le sais, ici...

— Attends, Félix. Tu me connais, non ? Bon. Les flics, c'est pour après. Quand j'aurai vu Babette. Quand on décidera ce qu'on fait, avec les documents. Là, cette femme, la commissaire, elle n'en sait rien encore que Babette va venir. Elle est comme les tueurs. Elle attend. Ils attendent tous que je la retrouve, Babette.

— D'accord, il dit.

Il regarda à nouveau par la fenêtre. Les flocons de cendres devenaient plus épais.

— Ça fait longtemps qu'on a pas eu de neige ici. Mais on a ça. Saleté de feu.

Ses yeux revinrent à moi, puis à l'exemplaire des *Pieds-Nickelés* ouvert devant lui.

— D'accord, il redit. Mais faut que ce putain de mistral s'arrête. On peut pas sortir.

— Ben, je sais.

— Tu pourrais pas la voir ici ?

— Non, Félix. Le coup du Centre-Bourse, je ne peux pas le refaire. Ni celui-là ni un autre. Ils vont se méfier maintenant. Et ça, je veux pas. J'ai besoin qu'ils me fassent confiance.

— Tu rêves ou quoi !

— Pas confiance, merde. Tu m'as compris, Félix.

Que je joue franc-jeu, quoi. Qu'ils aient vraiment le sentiment que je suis qu'un pauvre connard.

— Ouais, il fit pensif. Ouais. Dis-lui de venir à Babette. Elle peut dormir là. Le temps que le mistral tombe. Dès qu'on peut prendre la mer, j'appelle Fonfon.

— Tu m'appelles.

— Non, pas chez toi. J'appelle Fonfon. Au bar. Bon, et je bouge pas, dis-lui à Babette. Elle arrive quand elle veut.

Je me levai. Lui aussi. Je passai mon bras autour de son épaule et le serrai contre moi.

— Ça va aller, il marmonna. On se débrouillera, hein. On s'est toujours débrouillés.

— Je sais.

Je le tenais toujours contre moi, et il ne se dégageait pas, Félix. Il avait compris que j'avais encore quelque chose à lui demander. J'imaginais que ça commençait à se nouer dans son estomac. Parce que je ressentais la même chose, au même endroit.

— Félix, je dis. Tu l'as toujours, le flingue de Manu ?

L'odeur de la mort emplit la pièce. J'eus le sens exact de l'expression *un silence de mort.*

— J'en ai besoin, Félix.

15

Où l'imminence d'un événement crée une sorte de vide qui attire

Ils téléphonèrent les uns après les autres. Hélène Pessayre d'abord, le tueur ensuite. Moi, j'avais appelé Babette avant. Mais de chez Fonfon. Félix m'avait mis la puce à l'oreille, en disant qu'il appellerait chez Fonfon et pas chez moi. Je pouvais être sur écoutes, il avait raison. Hélène Pessayre était capable de ça. Et si les flics étaient branchés sur ma ligne, tout ce que je pouvais raconter finirait dans l'oreille d'un mafieux. Il suffisait de payer, comme l'avait fait Fargette pendant des années. De mettre le prix. Et pour ceux qui campaient devant ma porte, le prix, ça ne devait pas être un problème.

D'un rapide coup d'œil, j'avais essayé de les localiser dans la rue. Les tueurs, et les flics. Mais je n'aperçus ni Fiat Punto ni Renault 21. Cela n'avait aucune importance. Ils devaient être là. Quelque part.

— Je peux téléphoner ? j'avais dit à Fonfon en entrant dans le bar.

J'étais complètement absorbé par la réalisation de mon plan. Même si après, après avoir retrouvé Babette, discuté avec elle, ça restait encore le noir total. L'imminence de sa venue créait une sorte de vide vers lequel je me trouvais contraint de me diriger.

— Vé, grogna Fonfon, en mettant le téléphone sur le comptoir. C'est comme à la poste, mais la communication est gratuite et le pastis offert.

— Oh ! Fonfon ! je criai, en composant le numéro de Bruno, dans les Cévennes.

— Quoi ! T'es devenu un courant d'air. Vé, tu vas plus vite que le mistral. Et quand t'es là, rien. T'expliques rien. Tu racontes rien. On sait juste que là où tu passes, ça fait des cadavres derrière toi. Merde, Fabio !

Je reposai lentement le combiné. Fonfon avait servi deux pastis, des mominettes. Il posa un verre devant moi, trinqua et but sans m'attendre.

— Moins tu en sauras..., je commençai.

Il explosa.

— Non, monsieur ! Ça se passe pas comme ça ! Pas aujourd'hui. C'est fini ! Tu t'expliques, Fabio ! Parce que la gueule du mec qui poireaute dans la Fiat Punto, je l'ai vue. De toi à moi, tu vois. On s'est croisés. Il venait acheter des clopes, chez Michel. Il m'a regardé, je te dis pas.

— Un type de la Mafia.

— Ouais... Mais je veux dire... sa gueule, je l'avais déjà vue. Et y a pas longtemps.

— Quoi ! Ici ?

— Non. Dans le journal. Y avait sa photo.

— Dans le journal ?

— Oh Fabio, quand tu lis le journal, tu regardes jamais les images ?

— Si, bien sûr.

— Ben lui, il était en photo dedans. Ricardo Bruscati. Ricchie, pour les intimes. On a reparlé de lui quand y a eu tout ce foin autour du bouquin sur Yann Piat.

— À quel propos ? Tu te souviens ?

Il haussa les épaules.

— Est-ce que je sais, moi. Tu devrais demander à Babette, elle doit savoir, lâcha-t-il méchamment, en me regardant dans les yeux.

— Pourquoi tu parles de Babette ?

— Parce que tout ce merdier, c'est elle qui te l'envoie. Je me trompe ? Honorine, vé, elle a trouvé le petit mot qui accompagnait les disquettes. Tu l'avais laissé sur la table. Alors, elle l'a lu.

Les yeux de Fonfon brillaient de colère. Je ne l'avais encore jamais vu comme ça. Gueulant, pestant, injuriant, oui. Mais cette colère au fond des yeux, jamais.

Il se pencha vers moi.

— Fabio, il commença. (Sa voix s'était radoucie, mais elle était ferme.) S'y avait que moi... Je m'en fous, tu vois. Mais y a Honorine. Je veux pas qu'il lui arrive du malheur. Tu comprends ?

Mon estomac se retourna. Tant d'amour.

— Ressers-moi, je trouvai simplement à dire.

— C'est sans méchanceté que je t'explique. Ses histoires, à Babette, ça la regarde. Et toi, t'es assez grand pour faire les conneries que tu veux. C'est pas moi que je vais te dicter ce que t'as à faire ou à pas faire. Mais ces types, s'ils lui touchent un cheveu, à Honorine...

Sa phrase, il ne la termina pas. Seuls ses yeux, plantés dans les miens, dirent cette chose, informulable pour lui :

il me tenait pour responsable de tout ce qui pourrait arriver à Honorine. À elle seule.

— Il lui arrivera rien, Fonfon. Je te le jure. Et à toi non plus.

— Ouais, il fit, pas vraiment convaincu.

Mais on trinqua, quand même. Pour de vrai cette fois-ci.

— Je te le jure, je répétai.

— Bon, alors n'en parlons plus, dit-il.

— Si, on va en parler. J'appelle Babette, et je te raconte.

Babette accepta. De venir. De discuter. Mon plan lui convenait. Mais, au ton de sa voix, je devinais que ce ne serait pas une partie de billard de lui faire renoncer à publier son enquête. On n'épilogua pas. L'important était qu'on se dise les choses entre quatre yeux.

— J'ai du nouveau, dit Hélène Pessayre.

— Moi aussi, répondis-je. Je vous écoute.

— Mes hommes ont identifié un des types.

— Ricardo Bruscati. Moi aussi.

Silence à l'autre bout.

— Ça vous épate, hein, m'amusai-je.

— Assez.

— J'ai été flic aussi.

J'essayai d'imaginer son visage à cet instant. La déception qui devait pouvoir s'y lire. Elle ne devait pas aimer ça, Hélène Pessayre, qu'on la prenne de vitesse.

— Hélène ?

— Oui, Montale.

— Faites pas cette tête !

— Qu'est-ce que vous racontez ?

— Que c'est un hasard, pour Ricardo Bruscati. C'est mon voisin, Fonfon, qui l'a reconnu. Il avait vu sa photo récemment dans le journal. Je n'en sais pas plus. Alors, je vous écoute.

Elle se racla la gorge. Elle était encore un peu fâchée.

— Ça n'arrange pas nos affaires.

— Quoi ?

— Que le deuxième homme soit Bruscati.

— Ah bon. On sait qui on a en face de nous, non ?

— Non. Bruscati, c'est un homme du Var. Il n'est pas connu pour être un tueur sanguinaire. C'est un porte-flingue, pas un as du couteau. C'est tout. Un tueur, qui fait des ménages. Rien d'autre.

Le silence, maintenant, c'est moi qui l'observais. Je voyais où elle voulait en venir.

— Il y a un autre homme. C'est ça ? Un vrai tueur de la Mafia ?

— Oui.

— Qui doit se boire l'apéro, peinard, à la terrasse du New York.

— C'est exactement ça. Et s'ils ont engagé Bruscati, qui n'est quand même pas du tout-venant, ça veut dire qu'ils ne sont pas prêts à faire de cadeaux.

— Il est mêlé à l'assassinat de Yann Piat, Bruscati ?

— Pas à ma connaissance. J'en doute, même. Mais il était de ceux qui ont violemment perturbé son grand meeting, à Yann Piat, le 16 mars 93, à l'Espace 3000 à Fréjus. Vous vous souvenez ?

— Ouais. À coups de grenades lacrymogènes. C'est

Fargette qui en avait donné l'ordre. Yann Piat, elle ne rentrait pas dans ses objectifs politiques.

J'avais lu ça dans la presse.

— Fargette, reprit-elle, continuait de miser sur le candidat U.D.F. Avec l'accord du Front National. Bruscati, je pense qu'il bosse aussi pour le Front National. Il coordonnerait, en sous-main, le service de sécurité sur la région, de Marseille à Nice. Recruteur, formateur... Il y a un fichier sur tout ça dans la disquette blanche.

Ce fichier, je l'avais survolé. Il ne me semblait contenir que des choses que j'avais déjà lues, ici et là, dans le journal. Cela tenait plus du mémento des affaires varoises que du document explosif. Mais, je m'étais arrêté quelques instants sur les rapports du Front National avec Fargette. Une retranscription d'écoutes téléphoniques entre le caïd marseillais Daniel Savastano et lui. Une phrase me revint en mémoire : « Ce sont des gens qui veulent travailler, qui veulent remettre la ville en place. Je lui ai dit, si tu as des amis qui ont des entreprises, tout ça, on essaiera de les faire travailler... »

— Il aurait buté Fargette, Bruscati ?

Fargette avait été tué le lendemain de ce meeting, chez lui en Italie.

— Ils étaient quatre.

— Oui, je sais. Mais...

— À quoi ça sert, de supposer. Bruscati, on peut penser que depuis l'assassinat de Yann Piat, il a flingué un maximum de types. Des gêneurs.

— Du genre ? demandai-je, curieux.

— Du genre Michel Régnier.

Je sifflai entre mes dents. Après la mort de Fargette,

182

Régnier avait été considéré comme le parrain du sud de la France. Un parrain issu de la pègre, pas de la Mafia. Sous les yeux de sa femme, il avait été criblé de balles, le 30 septembre 1996. Le jour de son anniversaire.

— C'est ça l'information essentielle, pour moi, avec la présence de Bruscati, ici. S'il est là aujourd'hui, c'est pour le compte de la Mafia. Ce qui veut dire qu'elle a bel et bien pris le contrôle économique de la région. Je crois que c'est ça, une des thèses de l'enquête de votre amie. Ça met un terme à toutes les supputations sur la guerre des « clans ».

— Économique, pas politique ?

— Je n'ai pas encore osé ouvrir la disquette noire.

— Ouais. Moins on en saura..., dis-je une nouvelle fois, machinalement.

— Vous pensez ça, sérieusement ?

Je crus entendre Babette.

— Je ne crois rien, Hélène. Je dis seulement qu'il y a ceux qui sont morts et ceux qui sont vivants. Et que dans ceux qui sont vivants, il y a les commanditaires de ceux qui sont morts. Et que la plupart sont encore en liberté. Et qu'ils continuent à faire des affaires. Avec la Mafia aujourd'hui, comme hier avec le milieu varois et marseillais. Vous me suivez ?

Elle ne répondit pas. Je l'entendis allumer une cigarette.

— Du nouveau, sur votre amie Babette Bellini ?

— Je crois l'avoir enfin localisée, mentis-je d'une voix assurée.

— Moi, je suis patiente. Eux, certainement pas. J'attends votre appel... Au fait, Montale, j'ai changé l'équipe après votre départ du Centre-Bourse. Comme vous rentriez chez vous, on n'a pas pris le risque de se faire repérer. C'est une 304 Peugeot blanche, maintenant.

— Justement, dis-je. J'ai un service à vous demander.

— Allez-y.

— Puisque vous en avez les moyens, je voudrais une surveillance permanente de la maison d'Honorine et du bar de Fonfon, qui est à deux pas.

Un silence.

— Je dois réfléchir.

— Hélène. Je ne vais pas vous faire du chantage. Ça contre ça. C'est pas mon truc. Si ça tourne mal... Hélène, je ne veux pas avoir à embrasser les cadavres de ces deux-là. Je les aime plus que tout. Je n'ai plus qu'eux, vous comprenez ?

Je fermai les yeux pour penser à eux, à Fonfon et Honorine. Le visage de Lole se surimprima sur les leurs. Je l'aimais plus que tout, elle aussi. Elle n'était plus ma femme. Elle vivait loin d'ici, et avec un autre homme. Mais, comme Fonfon et Honorine, elle restait ce que j'avais de plus essentiel au monde. Le sens de l'amour.

— D'accord, dit Hélène Pessayre. Mais pas avant demain matin.

— Merci.

J'allais raccrocher.

— Montale.

— Oui.

— J'espère qu'on en terminera vite avec cette sale histoire. Et... et que... qu'on en ressortira amis. Je veux dire... que vous aurez envie de m'inviter chez vous, un jour, pour manger avec Honorine et Fonfon.

— Je l'espère, Hélène. Vraiment. Ça me ferait plaisir de vous inviter.

— Prenez soin de vous, en attendant.

Et elle raccrocha. Trop vite. J'eus le temps d'entendre le léger sifflement qui suivit. J'étais sur écoutes. La garce ! pensai-je, mais sans avoir le temps de penser autre chose, ni même de savourer ses dernières paroles. Le téléphone resonnait et, je le savais, la voix de mon interlocuteur serait loin d'être aussi troublante que celle d'Hélène Pessayre.

— T'as du nouveau, Montale ?

J'avais décidé d'adopter le profil bas. Pas de remarque. Pas d'humour. Obéissant. Genre connard à genoux, à bout de force.

— Oui. Je l'ai eue au téléphone, Babette.

— Bien. C'est avec elle que tu causais ?

— Non, avec les flics. Ils ne me lâchent plus. Deux cadavres de proches, c'est trop pour eux. Ils me cuisinent.

— Ouais. C'est tes histoires, ça. Tu lui as téléphoné quand, à la fouille-merde ? Pendant ton escapade, cet après-midi ?

— C'est ça.

— T'es sûr qu'elle n'est pas là, à Marseille ?

— Je suis réglo. Elle peut être là dans deux jours.

Il observa un temps de silence.

— Deux jours, Montale, c'est ce que je t'accorde. J'ai un autre nom sur ma liste. Et ça plaira pas à ta charmante commissaire, c'est sûr.

— O.K. Comment on fait, quand elle est là ?

— Je te dirai. Dis-lui de pas venir les mains vides, à la petite Bellini. Hein, Montale. Elle a des choses à nous rendre, t'as pigé ça ?

— J'en ai parlé avec elle.

— Bien. Tu fais des progrès.

— Et le reste ? Son enquête ?

— Le reste, on s'en branle. Elle peut écrire ce qu'elle veut, où elle veut. Ce sera comme pisser dans un violon, comme toujours.

Il se marra, puis sa voix redevint aussi tranchante que le couteau qu'il maniait avec dextérité :

— Deux jours.

Le contenu de la disquette noire, il n'y avait que ça qui les intéressait. Celle que ni Hélène Pessayre ni moi n'osions ouvrir. Dans le document qu'elle avait commencé à rédiger, Babette expliquait : « Les circuits de blanchiment restent les mêmes et passent, dans cette région, par des "comités d'affaires". Une sorte de tour de table qui réunit des élus décideurs, des entrepreneurs et des représentants locaux de la Mafia. » Elle dressait la liste d'un certain nombre de « sociétés mixtes » créées par la Mafia et gérées par des notables.

— Encore une chose, Montale. Ne me refais plus le coup de cet après-midi. O.K. ?

— J'ai pigé.

Je le laissai raccrocher. Le même sifflement suivit. Un pastis s'imposait. Et un peu de musique. Un bon vieux Nat King Cole. *The Lonesome Road,* oui, avec Anita O'Day en guest star. Oui, c'est qu'il me fallait avant d'aller rejoindre Fonfon et Honorine. Au menu, petits

farcis de légumes, elle avait annoncé. Le goût de la cour-
gette, de la tomate ou de l'aubergine ainsi préparées, je
le savais, tiendrait la mort à distance. Plus que jamais ce
soir, j'avais besoin de leur présence à tous les deux.

16

Où, même involontairement, la partie se joue sur l'échiquier du Mal

C'est à table que le doute s'installa en moi.

Les petits farcis étaient pourtant délicieux. Honorine, je devais le reconnaître, possédait un merveilleux tour de main pour que viande et légumes restent moelleux. C'était toute la différence avec les petits farcis des restaurants. La viande était toujours un peu trop craquante sur le dessus. Sauf peut-être au Sud du Haut, un petit restaurant du cours Julien où l'on pratiquait encore la cuisine familiale.

Malgré tout, en mangeant, je ne pus m'empêcher de penser à la situation dans laquelle je me trouvais. Pour la première fois, je vivais avec deux tueurs et deux flics sous mes fenêtres. Le Bien et le Mal en stationnement autorisé devant chez moi. Dans un statu quo. Avec moi, au milieu. Comme l'étincelle qui mettrait le feu aux poudres. Est-ce que c'était à cette étincelle que j'avais songé après le départ de Lole ? Faire de ma mort une dernière étincelle ? Je me mis à transpirer. Si Babette et moi, me dis-je, nous arrivions à échapper à la lame du tueur, le flingue de Bruscati, lui, ne nous raterait pas.

— Je vous ressers ? me demanda Honorine.

Nous nous étions attablés à l'intérieur, à cause du mistral. Il avait faibli, certes, mais il soufflait encore par fortes rafales. Tout autour de Marseille, avait-on entendu aux informations, le feu se propageait. En une seule journée près de deux mille hectares de pins d'Alep et de garrigues étaient partis en fumée. Le drame. Des reboisements, à peine vieux de vingt-cinq années, avaient été emportés. Tout était à refaire. On parlait déjà de traumatisme collectif. Et les débats allaient bon train. Marseille devait-elle instaurer une zone-tampon tout au long des dix-huit kilomètres de la lisière du massif de l'Étoile et de l'agglomération ? Une zone plantée d'amandiers, d'oliviers et de vignes. Oui, mais qui paierait ? On en revenait toujours là, dans cette société. Au fric. Même dans les pires circonstances. Au fric. Le fric d'abord.

Au fromage, on se trouva à court de vin et Fonfon se proposa d'aller en chercher au bar.

— J'y vais, je dis.

Quelque chose clochait, et je voulais en avoir le cœur net. Même si cela devait me déplaire. Je n'arrivais pas à me faire à l'idée qu'Hélène Pessayre m'ait mis sur écoutes. Elle en était capable, bien sûr, mais cela ne collait pas avec ce qu'elle m'avait dit avant de raccrocher. Cette amitié possible qu'elle avait évoquée. Mais, surtout, en bonne professionnelle, elle n'aurait pas raccroché la première.

Dans le bar de Fonfon, j'attrapai le téléphone et composai le numéro du portable d'Hélène Pessayre.

— Oui, dit-elle.

De la musique en fond. Un chanteur italien.

un po' di là del mare c'é una terra chiara
che di confini e argini non sa

— C'est Montale. Je ne vous dérange pas ?

un po' di là del mare c'é una terra chiara

— Je sors de la douche.

Des images, instantanément, défilèrent devant mes yeux. Charnelles. Sensuelles. Pour la première fois, je me surprenais à penser à Hélène Pessayre avec désir. Elle ne m'était pas indifférente, loin de là — et je le savais —, mais nos rapports étaient si complexes, si tendus par moments, qu'ils ne laissaient pas de place aux sentiments. Du moins, je le croyais. Jusqu'à cet instant. Mon sexe m'accompagna dans ces images furtives. Je souris. Je redécouvrais ce plaisir de pouvoir bander à l'évocation d'un corps féminin.

— Montale ?

Je n'ai jamais été voyeur, mais j'aimais bien surprendre Lole sortant de la douche. Ce moment où elle attrapait une serviette pour y enrouler son corps. N'offrant à mon regard que ses jambes et ses épaules où perlaient encore quelques gouttes d'eau. J'avais toujours quelque chose à faire dans la salle de bains, dès que j'entendais l'eau s'arrêter de couler. J'attendais qu'elle relève ses cheveux sur la nuque pour m'approcher. C'était sans doute les instants où je la désirais le plus, quelle que soit l'heure. J'aimais bien son sourire, quand

190

nos yeux se croisaient dans la glace. Et le frisson qui la par-
courait quand mes lèvres se posaient dans son cou. Lole.

un po' di là del mare c'é una terra sincera

— Oui, fis-je, en raisonnant mes pensées et mon sexe.
J'ai une question à vous poser.

— Ça doit être important, répondit-elle en riant. Vu
l'heure.

Elle baissa le son.

— C'est sérieux, Hélène. Est-ce que vous m'avez mis
sur écoutes ?

— Quoi !

J'avais la réponse. C'était non. Ce n'était pas elle.

— Hélène, je suis sur écoutes.

— Depuis quand ?

Un frisson me parcourut l'échine. Parce que je ne
m'étais pas posé la question. Depuis quand ? Si c'était
depuis ce matin, Babette, Bruno et sa famille étaient en
danger.

— Je ne sais pas. Je m'en suis rendu compte ce soir,
après votre appel.

Est-ce qu'après avoir appelé Babette, c'est elle qui
avait raccroché la première ou moi ? Je ne savais plus. Je
devais me souvenir. La seconde fois, c'était moi. La première... La première, c'était elle. « Va te faire voir ! »
elle avait dit. Non, il n'y avait pas eu, après, ce petit sifflement caractéristique. J'en étais sûr. Mais est-ce que je
pouvais être sûr de moi ? Vraiment. Non. Je devais appeler au Castellas. Tout de suite.

— Vous avez téléphoné à votre amie Babette Bellini de chez vous ce soir ?

— Non. Ce matin. Hélène, qui peut être à l'origine de ces écoutes ?

— Vous ne me l'aviez pas dit ça, que vous saviez où elle était.

Elle était implacable, cette femme. Même nue, enroulée dans une serviette de bain.

— Je vous ai dit que je l'avais localisée.

— Et elle est où ?

— Dans les Cévennes. Et j'essaie de la convaincre de venir à Marseille. Merde, Hélène, c'est grave !

Je m'énervais.

— Arrêtez de vous énerver quand vous êtes pris en faute, Montale ! En trois heures, on aurait pu être là-haut.

— Et on aurait fait quoi, je criai, un défilé de voitures ? C'est ça ! Vous, moi, les tueurs, d'autres flics, d'autres tueurs... À la queue leu leu, comme cet après-midi quand j'ai quitté la salle de boxe de Mavros !

Elle ne répondit pas.

— Hélène, je dis plus calmement. ce n'est pas un manque de confiance. Mais vous ne pouvez être sûre de rien. Ni de votre hiérarchie. Ni des flics qui travaillent avec vous. La preuve...

— Mais à moi, merde, mais à moi ! elle cria à son tour. Vous auriez pu me le dire, non ?

Je fermai les yeux. Les images qui dansaient dans ma tête n'étaient plus celles d'Hélène Pessayre sortant de la douche, mais de la commissaire qui m'avait aligné une claque ce matin.

Je ne progressais pas, elle avait raison.

— Vous n'avez pas répondu à ma question. D'où ça peut venir, chez vous ?

— Je ne sais pas, dit-elle, plus calme. Je ne sais pas.

Le silence se fit pesant.

— C'est qui le chanteur que j'entendais ? je demandai pour détendre l'atmosphère.

— Gian Maria Testa. C'est beau, hein, elle répondit avec lassitude. Montale, ajouta-t-elle, presque avec fermeté, je vais venir vous voir.

— Ça va faire jaser, dis-je pour plaisanter.

— Vous préferez que je vous convoque à l'hôtel de police ?

Je posai deux litres de vin rouge, du domaine de Villeneuve Flayosc, à Roquefort-la-Bédoule. Un vin que Michel, un ami breton nous avait fait découvrir, l'hiver dernier. Château-les-mûres. Un sacré chef-d'œuvre de goût.

— Vé, il allait mourir de soif, dit Honorine.

Juste pour me faire remarquer que j'en avais mis, du temps.

— Tu t'es perdu dans la cave ? renchérit Fonfon.

Je remplis leurs verres, puis le mien.

— Je devais téléphoner.

Et avant qu'ils ne fassent un commentaire, j'ajoutai :

— Je suis sur écoutes, chez moi. Les flics. Et il fallait que je rappelle Babette.

Babette était partie dans l'après-midi, m'avait expliqué Bruno. Pour dormir à Nîmes, chez des amis à eux. Elle devait prendre le train pour Marseille demain, en fin de matinée.

— Pourquoi tu partirais pas en vacances, Bruno ? Quelque temps. Toi et ta famille.

Je repensai à Mavros. Je lui avais dit exactement la même chose. Bruno me répondit presque de manière similaire. Tout le monde se croyait plus fort que le Mal. Comme si le Mal était une maladie étrangère. Alors qu'il nous rongeait tous jusqu'à l'os, de la tête au cœur.

— J'ai trop de bêtes à m'occuper...

— Bruno, merde, ta femme et tes enfants au moins. Ces mecs-là sont capables de tout.

— Je sais. Mais ici, avec les potes, on contrôle tous les accès de la montagne. Et, ajouta-t-il après un silence, on est armés.

Mai 68 contre la Mafia. J'imaginais le film et ça me glaçait d'horreur.

— Bruno, je dis, on ne se connaît pas. J'ai de l'affection pour toi. Pour ce que tu as fait pour Babette. L'accueillir, prendre des risques...

— Ça craint rien, ici, il me coupa. Si tu connaissais...

Il commençait à me taper sur le système, lui et ses assurances tout risque.

— Putain, Bruno ! On parle de la Mafia !

Moi aussi, je devais lui courir, parce qu'il abrégea notre conversation.

— O.K., Montale. Je vais y réfléchir. Merci d'avoir appelé.

Fonfon vida son verre lentement.

— Je croyais qu'elle te faisait confiance, cette femme. La commisaire.

— Ce n'est pas elle. Et elle ne sait pas qui en a donné l'ordre.

— Sas, il fit simplement.

Et je devinai l'inquiétude qui montait en lui. Il regarda longuement Honorine. Contrairement à son habitude, elle n'était pas bavarde ce soir. Elle aussi s'inquiétait. Mais pour moi, je le savais. J'étais le dernier. Manu. Ugo. Le dernier des trois. Le dernier survivant de toute cette saloperie qui bouffait ces gamins qu'elle avait vus grandir, qu'elle avait aimés, qu'elle aimait comme une mère. Elle n'y survivrait pas, si je disparaissais. Je le savais.

— Mais c'est quoi, ces histoires à Babette ? elle finit par demander, Honorine.

— L'histoire de la Mafia. On sait où ça commence, je dis, mais on ne sait pas où ça va s'arrêter.

— Tous ces règlements de compte, qu'on entend à la télé ?

— Oui, c'est à peu près ça.

Depuis la mort de Fargette, ça avait été l'hécatombe. Bruscati, comme l'avait dit Hélène Pessayre, ne devait pas y être étranger. La liste macabre me revenait en tête. Clairement. Il y avait eu Henri Diana, tué à bout portant en octobre 93. Noël Dotori, victime d'une fusillade, en octobre 94. Comme José Ordioni, en décembre 94. Puis en 96, Michel Régnier et Jacky Champourlier, les deux fidèles lieutenants de Fargette. La liste s'arrêtait, récemment, avec Patrice Meillan et Jean-Charles Taran, une des dernières « grosses pointures » de la pègre varoise.

— En France, je repris, on a trop longtemps minimisé

les activités de la Mafia. Pour s'en tenir aux seuls agissements de la pègre, des malfrats. On a fait semblant de croire à une guerre de truands. Aujourd'hui, la Mafia est là. Et elle prend le contrôle des affaires. Économiquement, et... Et politiquement aussi.

Parce que ça, nul besoin d'ouvrir la disquette noire pour le comprendre. Babette avait écrit : « Ce nouvel environnement de la finance internationale forme un terrain fertile pour la criminalisation de la vie politique. De puissants groupes de pression liés au crime organisé et agissant de manière clandestine sont en train de se déployer. Bref, les syndicats du crime exercent leur influence sur les politiques économiques des États.

« Dans les nouveaux pays d'économie de marché, et bien évidemment donc dans l'Union européenne, des personnalités politiques et gouvernementales ont tissé des liens d'allégeance au crime organisé. La nature de l'État comme les structures sociales sont en train de se transformer. Dans l'Union européenne, cette situation est loin de se limiter à l'Italie, où Cosa Nostra a quadrillé les sommets de l'État... »

Et, Babette, quand elle abordait la situation précise de la France, était terrorisante. La guerre contre l'État de droit, avec le soutien d'élus et d'industriels, ouverte avec violence, parce que les enjeux financiers sont énormes, sera sans pitié. « Hier, affirmait-elle, on a pu abattre une députée gênante. Demain, ce pourra être le tour d'un haut dignitaire de l'État. Un préfet, un ministre. Tout est aujourd'hui possible. »

— Nous ne sommes rien, pour eux. Que des pions.

Fonfon ne me lâchait pas des yeux. Il était grave. Son

regard revint à Honorine. Pour la première fois, je les vis tels qu'ils étaient. Vieux, et fatigués. Plus vieux et fatigués que jamais. J'aurais voulu que rien de tout cela n'existe. Mais cela existait réellement. Et nous étions, sans l'avoir voulu, sur l'échiquier du Mal. Mais peut-être y étions-nous depuis toujours ? Un hasard, une coïncidence, nous le révélait. Babette était cela. Ce hasard. Cette coïncidence. Et nous devenions des pions joués. Jusqu'à la mort.

Sonia. Georges.

Comment mettre un terme à tout cela ?

Un rapport des Nations unies, cité par Babette, disait : « Le renforcement au niveau international des services chargés de faire respecter les lois ne représente qu'un palliatif. À défaut d'un progrès simultané du développement économique et social, le crime organisé, à une échelle globale et structurée, persistera. »

Comment se sortir de tout ça ? Nous. Fonfon, Honorine, Babette et moi ?

— Vous reprenez pas du fromage ? Il est pas bon le *provolone* ?

— Si, Honorine, il est délicieux. Mais...

— Allez, dit Fonfon d'une voix faussement enjouée, un petit bout, juste pour boire encore un coup.

Il me resservit d'autorité.

Je ne croyais pas au hasard. Ni aux coïncidences. Ils sont simplement le signe que l'on est passé de l'autre côté de la réalité. Là où il n'existe aucun accommodement avec l'insupportable. La pensée de l'un rejoint la pensée de l'autre. Comme dans l'amour. Comme dans le désespoir. Babette s'était adressée à moi pour ça. Parce que j'étais prêt à l'entendre. Je ne supportais plus l'insupportable.

17

Où il est dit que la vengeance
ne conduit à rien,
le pessimisme non plus

J'étais perdu dans mes pensées. Des pensées sans ordre, comme souvent. Chaotiques, et forcément alcoolisées. J'avais déjà avalé deux bons verres de Lagavulin. Le premier presque cul sec, en réintégrant mon petit cabanon.

Les images de Sonia s'estompaient à une rapidité folle. Comme si elle n'avait été qu'un rêve. Trois jours à peine. La chaleur de sa cuisse contre la mienne, son sourire. Ces maigres souvenirs s'effilochaient. Même le gris-bleu de ses yeux s'estompait. Je la perdais. Et Lole, peu à peu, réinvestissait ma tête. Son chez-soi pour toujours. Ses doigts, longs et fins, semblaient rouvrir les valises de notre vie commune. Les années passées se remettaient à danser sous mes yeux. Lole dansait. Dansait pour moi.

J'étais assis sur le canapé. Elle avait mis *Amor Verdadero,* de Rubén Gonzalez. Les yeux clos, sa main droite effleurant à peine son ventre, sa main gauche levée, elle bougeait à peine. Seules ses hanches, se balançant, donnaient du mouvement à son corps. À tout son corps. Sa beauté alors me coupait le souffle.

198

Blottie contre moi, plus tard, sur ce même canapé, j'aspirais l'arôme de sa peau moite et la chaleur de son corps à la fois solide et fragile. Un flot d'émotion nous submergeait. C'était l'heure des phrases brèves. « Je t'aime... Je suis bien ici, tu sais... Je suis heureuse... Et toi ? »

L'album de Rubén Gonzales défilait. *Alto Songo, Los Sitio' Asere, Pio Mentiroso...*

Les mois, les semaines, les jours. Jusqu'à ces mots qui se cherchent, hésitent, dans des phrases qui deviennent trop longues. « Mon désir est... de te garder dans mon cœur. Je ne veux pas te perdre, pas complètement. Je ne souhaite qu'une chose, que nous restions proches, que nous continuions à nous aimer... »

Les jours et les dernières nuits. « Je te garde une grande place dans mon cœur. Il y aura toujours une grande place pour toi dans ma vie... »

Lole. Ses derniers mots. « Ne te laisse pas aller, Fabio. »

Et la mort qui planait maintenant. Au plus proche de moi. Et son odeur si présente. Le seul parfum qui me restait, pour accompagner mes nuits. L'odeur de la mort.

Je vidai mon verre, les yeux fermés. Le visage d'Enzo. Ses yeux gris-bleu. Les yeux de Sonia. Et ses larmes, à Enzo. Si je devais tuer cet enfoiré d'égorgeur, ce serait pour lui. Pas pour Sonia. Ni même pour Mavros. Non. J'en prenais conscience maintenant. Ce serait pour cet enfant. Lui seul. Pour toutes ces choses qu'on ne comprend pas à cet âge-là. La mort. Les séparations. L'absence. Cette injustice première qu'est l'absence du père, de la mère.

Enzo. Enzo, mon petit.

À quoi serviraient donc les larmes, si elles ne trouvaient pas une raison d'être dans le cœur de l'autre ? Dans le mien.

Je venais de remplir une nouvelle fois mon verre quand Hélène Pessayre frappa à ma porte. J'avais presque oublié qu'elle devait venir. Il était près de minuit.

Il y eut un léger flottement entre nous. Une hésitation entre se serrer la main et s'embrasser. On ne fit ni l'un ni l'autre, et je la laissai entrer.

— Entrez, je dis.

— Merci.

Nous étions soudain gênés.

— Je ne vous fais pas visiter, c'est trop petit.

— Mais plus grand que chez moi, pour ce que je vois. Tenez.

Elle me tendit un CD. Gian Maria Testa. *Extra-Muros.*

— Comme ça vous pourrez l'entendre entièrement.

Je faillis répondre : « Pour cela, j'aurais pu m'inviter chez vous. »

— Merci. Maintenant, vous serez obligée de venir l'écouter chez moi.

Elle sourit. Je disais n'importe quoi.

— Je vous sers un verre ? dis-je en montrant le mien.

— Du vin, je préférerais.

J'ouvris une bouteille. Du Tempier 92, et je la servis. On trinqua et on but en silence. Sans presque oser se regarder.

Elle portait un jeans délavé et une chemise en toile bleu foncé, largement ouverte sur un tee-shirt blanc. Ça commençait à m'intriguer de ne jamais la voir en jupe ou en robe. Peut-être qu'elle n'aime pas ses jambes, pensai-je.

Mavros avait une théorie là-dessus.

— Montrer ses jambes, m'avait-il expliqué, même si ce sont pas celles d'un mannequin ou d'une star de cinéma, toutes les femmes elles aiment ça. Ça relève du jeu de la séduction. Tu me suis ?

— Ouais.

Il venait de constater que Pascale, depuis qu'elle avait rencontré Benoît, lors de cette soirée chez Pierre et Marie, ne portait plus que des pantalons.

— Pourtant, tu vois, elle continue à s'en acheter, des collants. Même des Dim Up. Tu sais, ceux qui s'arrêtent sur la cuisse...

Sa tristesse l'avait poussé, un matin, à fouiller dans les derniers achats de Pascale. Ils cohabitaient tant bien que mal depuis quelques semaines, en attendant que Bella et Jean libèrent la petite maison de la rue Villa-Paradis. Pascale, la veille au soir, lui avait annoncé qu'elle serait absente pour le week-end. Elle était partie en jeans rejoindre Benoît, mais Mavros, il savait que dans son petit sac de voyage, il y avait des minijupes, des collants. Et même des Dim Up.

— T'imagines, Fabio, il m'avait dit.

Une demi-heure à peine après le départ de Pascale, ce vendredi soir-là, il m'avait appelé, désespéré.

J'avais souri à ses propos, tristement. Je n'avais aucune théorie sur les raisons qu'une femme pouvait avoir, le matin, de préférer enfiler une jupe plutôt qu'un pantalon. Lole pourtant agit de même avec moi. J'en fis le constat amèrement. Les derniers mois, elle ne s'habilla plus que de jeans. Et, bien sûr, la porte de la salle de bains était fermée quand elle sortait de la douche.

J'eus envie de poser la question à Hélène Pessayre. Mais cela me sembla quand même un peu osé. Et puis, ses yeux étaient devenus bien trop graves.

Elle sortit de son sac un paquet de cigarettes, et m'en offrit une.

— J'en ai acheté, vous voyez.

Le silence se réinstalla dans quelques volutes de fumée.

— Mon père, elle commença d'une voix basse, il a été tué, il y a huit ans. Je venais de terminer mes études de droit. Je voulais être avocate.

— Pourquoi vous me dites ça ?

— Vous m'avez demandé, l'autre midi, si je n'avais que ça à foutre dans la vie. Vous vous rappelez ? Remuer la merde. User mes yeux sur des cadavres...

— J'étais en colère. C'est mon moyen de défense, la colère. Et être vulgaire.

— Juge d'instruction, il était. Il avait eu à travailler sur pas mal d'affaires de corruption. Les fausses factures. Le financement occulte des partis politiques. Un dossier l'a entraîné plus loin que prévu. De la caisse noire d'un parti politique de l'ex-majorité, il remonta à une banque panaméenne. La Xoilan Trades. Une des banques du général Noriega. Spécialisée dans les narcodollars.

Elle me raconta. Lentement. De sa voix grave, presque rocailleuse. Un jour, son père fut informé par la brigade financière de Paris de l'arrivée en France de Pierre-Jean Raymond, le banquier suisse de ce parti politique. Il fit immédiatement délivrer un mandat d'amener contre lui. La mallette de Raymond était bourrée de documents très compromettants. Un ministre et plusieurs élus étaient impliqués. Raymond se retrouva en garde à vue « sans pouvoir dormir, comme il s'en plaindra auprès de ses amis politiques, en compagnie d'islamistes ».

— Mon père le mit en examen pour infraction à la législation sur le financement des partis, abus de biens sociaux, abus de confiance, faux et usage de faux. Tout ça, quoi. Ce qui fit de lui le premier banquier suisse poursuivi en France dans une affaire politique.

« Mon père aurait pu s'en tenir là. Mais il se mit en tête de remonter les filières bancaires. Et c'est là que tout a dérapé. Raymond gérait également des comptes de clients espagnols, libyens, ainsi que les biens immobiliers du général Mobutu, aujourd'hui vendus. Il était également propriétaire d'un casino en Suisse pour un groupe bordelais, et gérant d'une cinquantaine de sociétés panaméennes, au bénéfice d'entreprises suisses, françaises et italiennes...

— Le schéma parfait.

— Votre amie Babette est allée jusqu'où mon père n'a pas pu aller. Au centre des rouages. Avant de venir vous rejoindre, j'ai relu quelques passages du document qu'elle a commencé à rédiger. Elle prend le sud de la France en exemple. Mais la démonstration vaut pour toute l'Union européenne. Notamment, et c'est terrible, elle pointe cette réalité contradictoire : moins les États signataires de Maastricht sont unis contre la Mafia, plus

203

cette dernière prospère sur l'engrais — c'est le terme qu'elle emploie — de législations nationales obsolètes et incompatibles.

— Oui, je dis, j'ai lu ça aussi.

J'avais failli le raconter tout à l'heure à Fonfon et Honorine. Mais, m'étais-je dit, ils en avaient suffisamment entendu comme ça. Cela n'apportait plus rien à l'idée du merdier dans lequel se trouvait Babette. Et moi du même coup.

Babette étayait ses propos de points de vue de hauts responsables européens. « Cette défaillance des États membres de Maastricht, affirmait Diemut Theato, président de la commission de contrôle budgétaire, est d'autant plus grave que des sacrifices de plus en plus importants sont demandés aux contribuables européens, pendant que les fraudes découvertes en 1996 atteignent 1,4 % du budget. » Et la responsable pour la lutte contre la fraude, Anita Gradin, précisait : « Les organisations du crime opèrent selon le principe du risque minimum : elles répartissent chacune de leurs différentes activités dans celui des États membres où le risque est le moindre. »

Je resservis du vin à Hélène Pessayre.

— Il est délicieux, elle dit.

Je ne pouvais savoir si elle le pensait vraiment. Elle semblait être ailleurs. Dans les disquettes de Babette. Là où quelque part son père avait trouvé la mort. Ses yeux se posèrent sur moi. Tendres. Caressants. J'eus envie de la prendre dans mes bras, de la serrer contre moi. De l'embrasser. Mais c'était bien la dernière chose à faire.

— Plusieurs lettres anonymes sont arrivées à la maison. La dernière disait ceci, je ne l'ai pas oublié : "Inutile de prendre des précautions concernant vos proches, ni de disperser des documents aux quatre coins du pays. Rien ne nous échappe. Alors SVP revenez à la raison et laissez tomber."

« Ma mère refusa de partir, mes frères et moi aussi. On ne croyait pas vraiment à ces menaces. "De l'intimidation, tout au plus", disait mon père. Ce qui ne l'empêcha pas de demander la protection de la police. La maison fut sous surveillance permanente. Et lui, toujours accompagné de deux inspecteurs. Nous aussi, mais plus discrètement. Je ne sais pas combien de temps nous aurions pu vivre comme ça...

Elle s'arrêta, regarda le vin dans son verre.

— Un soir, on l'a découvert dans le garage de l'immeuble. Égorgé dans sa voiture.

Elle releva ses yeux vers moi. Le voile qui en ternissait l'éclat tout à l'heure s'était dissipé. Ils avaient retrouvé leur sombre lumière.

— L'arme utilisée était un couteau à double tranchant, avec une lame de près de quinze centimètres de long et un peu plus de trois de large.

C'était la commissaire qui parlait maintenant. En spécialiste du crime.

— La même que pour Sonia De Luca et Georges Mavros.

— Vous ne voulez quand même pas dire que c'est le même homme...

— Non. La même arme. Le même type de couteau. Ça m'a frappée quand j'ai eu le rapport du médecin légiste sur la mort de Sonia. Ça m'a ramenée huit ans en arrière, vous comprenez ?

Je me rappelai ce que je lui avais balancé dans la figure, à la terrasse de chez Ange, et soudain, je ne me sentis pas fier de moi.

— Je suis désolé pour ce que je vous ai dit, l'autre midi.

Elle haussa les épaules.

— Mais c'est vrai, oui, c'est vrai, je n'ai rien d'autre à faire dans la vie. Que ça, oui. Je l'ai voulu. Je suis devenue flic pour cette unique raison. Traquer le crime. Le crime organisé surtout. C'est ma vie, maintenant.

Comment pouvait-il y avoir autant de détermination en elle ? Elle affirmait cela sans passion. Froidement.

— On ne peut pas vivre pour se venger, dis-je, parce que c'était ça que j'imaginais au fond d'elle.

— Qui vous a parlé de vengeance ? Je n'ai pas à venger mon père. Je veux simplement poursuivre ce qu'il a entrepris. À ma manière. Dans une autre fonction. Le tueur n'a jamais été arrêté. L'enquête a fini par être classée. C'est pour ça, la police... Ce choix que j'ai fait.

Elle avala une gorgée de vin, puis reprit :

— La vengeance ne conduit à rien. Comme le pessimisme, je vous l'ai déjà dit. Il faut juste être déterminé.

Elle me regarda, et ajouta :

— Et réaliste.

Réalisme. Pour moi, ce mot ne servait qu'à justifier le confort moral, les actes mesquins et les oublis indignes que les hommes commettaient chaque jour. Le réalisme était aussi le rouleau compresseur qui permettait à ceux qui ont du pouvoir, ou des bribes, des miettes de pouvoir dans cette société, d'écraser tous les autres.

Je préférai ne pas polémiquer avec elle.

— Vous ne répondez pas ? m'interrogea-t-elle, avec une pointe d'ironie.

— Être réaliste, c'est se faire mettre.

— Je me disais aussi.

Elle souriait.

— C'était juste pour voir si vous réagissiez ou pas.

— Ben... J'avais trop peur de recevoir une claque.

Elle sourit encore. J'aimais son sourire. Les deux fossettes qu'il faisait naître dans ses joues. Il me devenait familier, ce sourire. Hélène Pessayre aussi.

— Fabio, elle dit.

C'est la première fois qu'elle m'appelait par mon prénom. Et cela me plut, beaucoup, comment elle le prononça, mon prénom. Puis, je m'attendis au pire.

— J'ai ouvert la disquette noire. Je l'ai lue.

— Vous êtes folle !

— C'est vraiment dégueulasse.

Elle semblait comme tétanisée.

Je lui tendis ma main. Elle posa la sienne dessus et la serra. Fort. Tout ce qui était possible et impossible entre nous semblait être contenu dans cette poignée de mains.

Nous devions, d'abord, nous libérer de la mort qui nous oppressait, pensai-je. C'est ce que ses yeux semblaient dire aussi, à cet instant. Et c'était comme un cri. Un cri muet devant tant d'horreurs encore devant nous.

18

Où moins on concède à la vie,
plus on se coltine avec la mort

Les gens qui sont morts sont définitivement morts, pensais-je, en tenant toujours la main d'Hélène Pessayre serrée dans la mienne. Mais nous, nous devons continuer à vivre.

— Nous devons gagner sur la mort, je dis.

Elle sembla ne pas m'entendre. Elle était perdue, je ne sais où, dans ses pensées.

— Hélène ? dis-je, en pressant doucement ses doigts.

— Oui, bien sûr, fit-elle. Bien sûr...

Elle eut un sourire las, puis elle dégagea lentement sa main de la mienne et se leva. Elle fit quelque pas dans la pièce.

— Cela fait longtemps que je n'ai pas eu d'homme, elle murmura d'une voix basse. Je veux dire un homme qui ne s'en va pas au petit matin, en se cherchant une bonne excuse pour ne pas me retrouver le soir, ni un autre soir.

Je me levai et m'approchai d'elle.

Elle était devant la porte-fenêtre ouvrant sur ma terrasse. Ses mains enfoncées dans les poches de son jeans, comme l'autre matin sur le port. Son regard se perdait dans la nuit. Vers le large. Vers cette autre rive d'où elle était partie un jour. Je savais qu'on ne pouvait oublier l'Algérie, quand on y était né, quand on y avait grandi. Didier Perez était intarissable là-dessus. Pour l'avoir écouté, je connaissais tout des saisons d'Alger, ses jours et ses nuits. « Les silences des soirs d'été... » La nostalgie remontait au fond de ses yeux. Ce pays lui manquait cruellement. Et, plus que tout, ces silences des soirs d'été. Ces brefs instants qui, pour lui, étaient toujours comme une promesse de bonheur. J'étais persuadé que tout cela était niché dans le cœur d'Hélène.

— L'absurdité règne, et l'amour en sauve, reprit-elle en me regardant. C'est Camus qui a dit ça. Tous ces cadavres, cette mort que je côtoie quotidiennement... Tout ça m'a éloignée de l'amour. Du plaisir même...

— Hélène.

— Ne soyez pas gêné, Montale. Ça me fait du bien de dire ces choses. De vous les dire à vous.

Je la sentais presque physiquement ruminer son passé.

— Le dernier homme que j'ai connu...

Elle sortit son paquet de cigarettes de la poche de sa chemise, m'en offrit une. Je lui tendis du feu.

— C'est comme si le froid s'était installé en moi, vous comprenez ? Je l'aimais, pourtant. Mais ses caresses ne me... Je n'avais plus d'émotion.

Jamais je n'avais parlé de ces choses-là avec une femme. De ce moment où le corps se referme et se met aux abonnés absents.

Longtemps, j'avais essayé de retrouver la dernière nuit où nous avions fait l'amour, Lole et moi. La dernière fois où nous nous étions embrassés amoureusement. La dernière fois où elle avait glissé son bras autour de ma taille. J'y avais passé des heures sans y arriver, bien sûr. Je ne me souvenais que de cette nuit où ma main, mes doigts, après avoir longuement caressé son corps, s'étaient désespérés sur son sexe totalement sec.

— J'ai pas envie, elle avait dit.

Elle s'était blottie contre moi, sa tête dans le creux de mon épaule. Mon sexe avait molli contre son ventre chaud.

— Ce n'est pas grave, j'avais murmuré.

— Si.

Et je le savais aussi, que c'était grave. Nous faisions moins souvent l'amour depuis quelques mois, et Lole chaque fois avec moins de plaisir. Un autre jour, alors que j'allais et venais en elle, lentement, je pris conscience qu'elle était totalement absente. Son corps était là. Mais elle, elle était loin. Loin déjà. Je n'avais pas pu jouir. Je m'étais retiré d'elle. On ne bougea ni l'un ni l'autre. On ne se dit pas un seul mot. Et le sommeil nous emporta.

Je regardai Hélène.

— C'est tout simplement que vous ne l'aimiez plus, cet homme. Rien d'autre.

— Non... Non. Je l'aimais. Je l'aime sans doute encore, je ne sais plus. Ses mains sur mon corps me manquent. Ça me réveille la nuit, quelquefois. De moins en moins, c'est vrai.

Elle resta pensive, tirant sur sa cigarette.

— Non, c'est bien plus grave, je crois. J'ai le sentiment que l'ombre de la mort envahit très lentement le domaine de ma vie. Et... Comment dire ? Quand on s'en aperçoit, on est comme dans l'obscurité. On ne distingue plus rien. Même plus le visage de celui qu'on aime. Et alors, tout autour de vous, on vous considère plutôt mort que vivant.

Je me dis que si je l'embrassais maintenant, ce serait sans espoir. Je ne l'envisageais d'ailleurs pas vraiment. Ce n'était qu'une pensée, à peine un peu folle, pour ne pas me laisser emporter dans la spirale vertigineuse de ses paroles. Là où elle allait, je connaissais. J'y avais maintes fois mis les pieds.

Je commençais à comprendre ce qu'elle essayait de formuler. Et qui avait rapport avec la mort de Sonia. La mort de Sonia la ramenait à son père, et, du même coup, à ce qu'était son existence. À tout ce qui s'effiloche au fur et à mesure que l'on avance, que l'on fait des choix. Et, moins on concède dans la vie, plus on se coltine avec la mort. Trente-quatre ans. Le même âge que Sonia. Elle l'avait redit plusieurs fois, l'autre midi, à la terrasse de Chez Ange.

La mort, brutale, de Sonia, à ce moment où se dessinait devant elle, et avec moi, un avenir possible, amoureux — et c'est peut-être bien le seul avenir qui nous est encore possible — ramenait Hélène à ses impasses. À ses échecs. À ses peurs. Je comprenais mieux, maintenant, son insistance à savoir ce que j'avais ressenti pour Sonia, cette nuit-là.

— Vous savez, commençai-je...

Mais je laissai ma phrase en suspens.

Ce qui était évident, pour moi, c'est que la mort de Mavros me privait, pour toujours, et totalement, de ce qu'avait été mon adolescence. Ma jeunesse. Grâce à

Mavros, même si nous avions vécu moins de choses ensemble étant gosses, j'avais pu supporter la mort de Manu, puis celle d'Ugo.

— Quoi ? demanda-t-elle.

— Rien.

Maintenant, le monde était clos. Le mien. Je n'avais aucune idée de ce que cela pouvait signifier, précisément, ni des conséquences que cela pouvait entraîner dans les prochaines heures. J'en faisais le constat. Et comme Hélène, comme elle l'avait dit il y a quelques instants, j'étais moi aussi dans l'obscurité. Je ne distinguais rien. Que le temps proche. Avec quelques actes, irrémédiables sans doute, à accomplir. Comme tuer cet enfant de salaud de la Mafia.

Elle tira une dernière fois sur sa cigarette, puis l'éteignit. Presque rageusement. Je la regardai dans les yeux, et elle fit de même.

— Je crois, reprit-elle, qu'au moment où quelque chose d'important est sur le point de se produire, on sort quelque peu de notre état habituel. Nos pensées... Nos pensées, je veux dire les miennes, les vôtres, commencent à s'attirer les unes vers les autres... Les vôtres vers les miennes, et inversement. Et... vous comprenez ?

Je n'avais plus envie de l'écouter. Plus vraiment. Mon désir de la serrer dans mes bras prenait le pas sur tout le reste. J'étais à un mètre d'elle à peine. Ma main pouvait se poser sur son épaule, glisser dans son dos et saisir sa taille. Mais je n'étais toujours pas sûr que c'était ça, ce qu'elle espérait. Ce qu'elle attendait de moi. Maintenant. Deux cadavres, comme un fossé, nous séparaient. Nous ne pouvions que nous tendre la main. En prenant garde de ne pas tomber dans ce fossé.

— Oui, je crois, dis-je. Ni vous ni moi ne pouvons vivre dans la tête de l'un et de l'autre. Ça fait trop peur. C'est ça ?

— C'est à peu près ça. Disons que ça nous expose trop. Si je... si nous couchions ensemble, nous serions trop vulnérables... après.

Après, c'était les heures à venir. L'arrivée de Babette. La confrontation avec les types de la Mafia. Les choix à faire. Ceux de Babette. Les miens. Pas forcément compatibles. La volonté d'Hélène Pessayre de tout contrôler. Et Honorine et Fonfon, en arrière-fond. Avec leur peur, à eux aussi.

— Rien ne presse, je répondis bêtement.

— Vous dites n'importe quoi. Vous en avez autant envie que moi j'en ai envie.

Elle s'était tournée vers moi, et je voyais sa poitrine se soulever lentement. Ses lèvres, à peine entrouvertes, n'attendaient que mes lèvres. Je ne bougeai pas. Nos yeux seuls osaient des caresses.

— Je l'ai senti au téléphone, tout à l'heure. Ce désir... Non ? Je me trompe ?

J'étais incapable de dire un mot.

— Dites-le...

— Oui, c'est vrai.

— S'il vous plaît.

— Oui, j'ai eu envie de vous. J'en ai sacrément envie.

Ses yeux s'illuminèrent.

Tout était possible.

Je ne bougeai pas.

— Moi aussi, elle dit sans presque remuer ses lèvres.

Cette femme était capable de m'arracher les mots, les uns après les autres. Si elle me demandait à l'instant quand devait arriver Babette à Marseille, où je devais la retrouver, je le lui dirais.

Mais elle ne me le demanda pas.

— Moi aussi, elle répéta. J'en ai eu envie, au même moment, je pense. Comme si j'avais espéré que vous téléphoneriez à cet instant... C'est ça que j'avais en tête, quand je vous ai dit que je venais vous voir. De coucher avec vous. De passer cette nuit dans vos bras.

— Et vous avez changé d'avis en cours de route ?

— Ouais, dit-elle en souriant. Changé d'avis, pas le désir.

Elle avança lentement sa main vers moi, et ses doigts caressèrent ma joue. L'effleurèrent. Ma joue s'enflamma, bien plus violemment qu'après sa gifle.

— Il est tard, elle murmura d'une voix basse.

Elle sourit. Un sourire las.

— Et je suis fatiguée, ajouta-t-elle. Mais rien ne presse, n'est-ce pas ?

— Ce qui est terrible, tentai-je de plaisanter, c'est que tout ce que je peux vous dire se retourne toujours contre moi.

— C'est une chose qu'il faudra que vous appreniez avec moi.

Elle attrapa son sac à main.

Je ne pouvais pas la retenir. Nous avions l'un et l'autre quelque chose à faire. La même chose, ou presque. Mais nous ne prendrions pas le même chemin. Elle le savait, et, semblait-il, elle l'avait finalement admis. Ce n'était plus seulement une question de confiance. La confiance nous impliquait trop l'un vis-à-vis de l'autre. Nous devions aller au bout de nous-mêmes. De nos solitudes. De nos désirs. Au bout, il y aurait peut-être une vérité. La mort. Ou la vie. L'amour. Un amour. Qui pouvait savoir ?

Avec mon pouce, j'effleurai superstitieusement la bague de Didier Perez. Et je me rappelai ses paroles : « Ce qui est inscrit est inscrit, quoi qu'il en soit. »

— Vous devez savoir une chose, Montale, dit-elle devant la porte. C'est la direction de la brigade qui vous a mis sur écoutes. Mais je n'ai pas pu savoir depuis quand.

— J'avais imaginé quelque chose comme ça. Et ça veut dire ?

— Exactement ce que vous avez imaginé. Que tout à l'heure, je serai obligée de faire un rapport précis sur ces deux assassinats. Leur raison. La Mafia, tout ça... C'est le médecin légiste qui a fait le rapprochement. Je ne suis pas la seule à m'intéresser aux techniques du crime de la Mafia. Il a transmis ses conclusions à mon supérieur.

— Et les disquettes ?

Elle m'en voulut d'avoir posé la question. Je le lus dans ses yeux.

— Remettez-les aussi, dis-je très vite. Avec votre rapport. Rien ne prouve que votre supérieur ne soit pas réglo, n'est-ce pas ?

— Si je ne le faisais pas, répondit-elle d'un ton monocorde, je serais grillée.

On resta une fraction de seconde encore à se regarder.

— Dormez bien, Hélène.

— Merci.

Nous ne pouvions pas nous serrer la main. Nous ne pouvions pas nous embrasser non plus. Hélène Pessayre repartit comme elle était entrée. L'ambiguïté en moins.

— Vous m'appelez, hein, Montale ? elle ajouta.

Parce que ce n'était pas si facile de se quitter comme ça. C'était un peu comme se perdre avant d'avoir pu se trouver.

Je fis oui de la tête, puis je la regardai traverser la rue pour gagner sa voiture. Un instant, je restai à songer à ce qu'aurait pu être un baiser doux et tendre. Nos lèvres s'embrassant. Puis j'imaginai les deux types de la Mafia et les deux flics, ouvrant un œil ensommeillé au passage d'Hélène Pessayre, puis se rendormant en se demandant si je l'avais baisée ou pas, la commissaire. Cela chassa de ma tête toute pensée érotique.

Je me servis un fond de Lagavulin et je mis l'album de Gian Maria Testa.

> *Un po' di là del mare c' é una terra sincera*
> *come gli occhi di tuo figlio quando ride*

Des mots qui m'accompagnèrent durant les dernières heures de la nuit. *Un peu au-delà de la mer, il y a une terre sincère, comme les yeux de ton fils quand il rit.*

Sonia, je rendrai le sourire à ton fils. Je le ferai pour nous, pour ce qui aurait pu exister entre toi et moi, cet amour possible, cette vie possible, cette joie, ces joies qui continuent de flâner par-delà la mort, pour ce train qui descend vers la mer, dans le *Turchino,* pour ces jours à inventer, ces heures, le plaisir, nos corps, et nos désirs, et nos désirs encore, et pour cette chanson que j'aurais apprise, pour toi, que je t'aurais chantée, juste pour le bonheur simple de te dire

se vuoi restiamo insieme anche stasera

et te redire et redire encore, *si tu veux, restons ensemble encore ce soir.*

Sonia.

Je ferai ça. Pour le sourire d'Enzo.

Au matin, le mistral était complètement tombé.

J'avais écouté les infos, en préparant mon premier café de la journée. Le feu avait encore gagné du terrain, mais les canadairs avaient pu passer à l'offensive dès le lever du jour. L'espoir de maîtriser ces feux rapidement semblait renaître.

Ma tasse à café dans une main, une clope dans l'autre, j'allai au bout de ma terrasse. La mer, en s'apaisant, avait retrouvé son bleu profond. Je me dis que cette mer, qui baignait Marseille et Alger, ne promettait rien, ne laissait rien entrevoir. Elle se contentait de donner, mais à profusion. Je me dis que ce qui nous attirait Hélène et moi, ce n'était peut-être pas l'amour. Mais seulement ce sentiment partagé d'être clairvoyants, c'est-à-dire sans consolation.

Et ce soir, j'allais retrouver Babette.

19

Où il est nécessaire de savoir
comment on voit les choses

Mon sang ne fit qu'un tour. Les volets de la maison d'Honorine n'étaient pas ouverts. En été, nous ne les fermions jamais, nos volets. Nous les entrecroisions seulement, sur les fenêtres ouvertes, pour bénéficier d'un peu de fraîcheur la nuit et au petit matin. Je posai ma tasse et allai vers sa terrasse. La porte elle-même était fermée. À clef. Même quand elle « descendait en ville », Honorine ne prenait jamais autant de précautions.

J'enfilai vite fait un jeans et un tee-shirt et, sans même me coiffer, je fonçai chez Fonfon. Il était derrière son comptoir, en train de feuilleter distraitement *La Marseillaise*.

— Elle est où ? je demandai.

— Je te fais un café ?

— Fonfon ?

— Et merde ! il dit en posant une soucoupe devant moi.

Ses yeux, plus rouges que d'habitude, étaient pleins de tristesse.

— Je l'ai emmenée.

— Quoi !

— Ce matin. Alex, il nous a conduits. J'ai une cousine aux Caillols. C'est là que je l'ai emmenée. Là-bas, elle sera bien. Quelques jours... J'ai pensé...

Il avait raisonné comme je l'avais fait pour Mavros, puis pour Bruno et sa famille. Tout d'un coup, je m'en voulus de ne pas l'avoir proposé moi-même. Ni à Honorine, ni à Fonfon. Après la discussion que nous avions eue, lui et moi, cela aurait dû m'être évident. Cette peur qu'il lui arrive du malheur, à Honorine. Et Fonfon, il avait réussi à la convaincre de partir. Elle avait accepté. Ils avaient décidé ça tous les deux. Sans même m'en dire un mot. Parce que ce n'était plus mes affaires, mais leur histoire à eux, à eux deux. La claque d'Hélène Pessayre, ce n'était rien à côté de ça.

— Vous auriez pu m'en parler, je dis durement. Venir me réveiller, quoi... Que je lui dise au revoir !

— C'est comme ça, Fabio. T'as pas à être vexé. J'ai fait comme il me semblait le mieux.

— Je ne suis pas vexé.

Non, vexé n'était pas le mot. Je n'en trouvai pas, d'ailleurs, de mots. Ma vie partait à vau-l'eau, et même Fonfon ne m'accordait plus de crédit. C'était ça qui était vrai.

— Tu as pensé que ces ordures, là devant la porte, ils pouvaient vous suivre ?

— Oui, j'y ai pensé ! il cria, en posant la tasse de café sur la soucoupe. Qu'est-ce tu crois, hein ? Que je suis con ? Gâteux ? Sas !

— Sers-moi un cognac.

Il attrapa nerveusement la bouteille, un verre, et me servit. On ne se quittait pas des yeux.

— Fifi, il devait surveiller la route. Si une bagnole, qu'on la connaissait pas, démarrait après nous, il appelait Alex, sur son portable dans le taxi. On serait revenus, voilà.

Putain de vieux ! je me dis.

Et j'avalai cul sec le cognac. Je sentis immédiatement la brûlure se propager jusqu'au fond de l'estomac. Un flot de transpiration me mouilla le dos.

— Et personne ne vous a suivis ?

— Ce matin, ils étaient pas là, les mecs de la Fiat Punto. Y avait que les flics. Et ils ont pas bougé.

— Comment tu en es sûr, que c'était les flics ?

— Ils ont une tête, vé, que tu peux pas te tromper.

J'avalai une gorgée de café.

— Et tu as dit que la Fiat Punto n'était plus là.

— Elle y est toujours pas.

Qu'est-ce qui se passait ? Deux jours, m'avait dit le tueur. Je ne pouvais pas croire qu'il ait gobé tout ce que je lui avais raconté. Je n'étais certainement qu'un pauvre connard, mais quand même !

J'eus soudain une vision d'horreur. Une virée de tueurs au Castellas. Pour y coincer Babette. Je secouai la tête. Pour chasser cette idée. Me convaincre que les écoutes n'avaient commencé qu'hier soir. Me convaincre que les flics n'étaient pas aussi liés que ça avec la Mafia. Non, tentai-je de me rassurer, un directeur, non. Mais un flic, n'importe quel flic, oui. N'importe lequel. Il en suffisait d'un. D'un qui tombe le nez dessus. Un seul, putain de Dieu !

— Passe-moi le téléphone, s'il te plaît.

— Tiens, dit Fonfon, en le posant sur le comptoir. Tu veux casser la croûte ?

Je haussai les épaules, en composant le numéro du Castellas. Six, sept, huit sonneries. Je transpirais de plus en plus. Neuf.

On décrocha.

— Lieutenant Brémond.

Une voix autoritaire.

Du chaud au froid, dans mon corps. Mes jambes se mirent à trembler. Ils étaient montés là-haut. Ils avaient eu les écoutes. Je me mis à trembler de la tête aux pieds.

— Allô !

Je reposai le combiné lentement..

— Du figatelli grillé, ça te va ? cria Fonfon de sa cuisine.

— Ouais.

Je composai le numéro d'Hélène Pessayre.

— Hélène, je dis quand elle décrocha.

— Ça va ?

— Non. Ça va pas. Je crois qu'ils sont montés au Castellas, là où se trouvait Babette. Je crois qu'il y a eu un malheur. Enfin, je ne crois pas, j'en suis sûr, bon Dieu ! J'ai appelé. C'est un lieutenant qui a décroché. Le lieutenant Brémond.

— C'est où ?

— Commune de Saint-Jean-du-Gard.

— Je vous rappelle.

Mais elle ne raccrocha pas.

— Elle était là-haut, Babette ?

— Non, à Nîmes. Elle est à Nîmes, mentis-je.

Parce que, à cette heure, elle venait de prendre le train, Babette. Du moins, je l'espérais.

— Ah, fit simplement Hélène Pessayre.

Elle raccrocha.

L'odeur de figatelli commençait à se répandre dans le bar. Je n'avais pas faim. Et pourtant cette odeur me chatouillait agréablement les narines. Je devais manger. Moins boire. Manger. Et moins fumer.

Manger.

— Tu mangeras un peu, quand même ? m'interrogea Fonfon en sortant de sa cuisine.

Il posa assiettes, verres et couverts sur une table, face à la mer. Puis il ouvrit une bouteille de rosé de Saint-Cannat. Un petit vin qu'on allait acheter à la coopérative. Il était bien, pour les casse-croûte du matin.

— Pourquoi tu n'es pas resté avec elle ?

Il partit vers la cuisine. Je l'entendis retourner les figatelli sur le grill. Je m'approchai.

— Hein, Fonfon ?

— Quoi ?

— Pourquoi tu n'y es pas resté, toi aussi, chez ta cousine ?

Il me regarda. Je ne savais plus ce qu'il y avait dans ses yeux.

— Je vais te dire....

Je vis sa colère monter. Il explosa.

— Où il t'aurait appelé, Félix ? Hein. Pour te dire quand il emmenait Babette dans son bateau. C'est bien ici, dans mon bar, que tu lui as dit d'appeler.

— C'est lui qui a proposé ça, et...

— Ouais... Ben à croire qu'il est pas aussi con, et gâteux, lui non plus.

— T'es pas resté que pour ça ? J'aurais pu...

— Tu aurais pu quoi ? Être tanqué là, à attendre que le téléphone sonne ? Comme maintenant.

Il retourna une nouvelle fois les figatelli.

— Ça va être prêt.

Il fit glisser le tout dans un plat, attrapa du pain et fila vers la table. Je le suivis.

— Il t'a appelé, Félix ?

— Non, c'est moi que j'ai téléphoné. Hier. Avant notre petite discussion. Je voulais savoir quelque chose.

— Tu voulais savoir quoi ?

— Si c'était vraiment grave, cette histoire. Alors, je lui ai demandé si tu étais passé le prendre, quoi... le flingue à Manu. Et il m'a dit que oui. Et il m'a tout raconté, Félix.

— Tu savais déjà tout ? Hier soir ?

— Ouais.

— Et tu ne m'as rien dit.

— J'avais besoin de l'entendre de ta voix. De te l'entendre dire à moi. À moi Fonfon !

— Et merde !

— Et tu vois, Fabio, je pense que tu nous as pas tout raconté. Félix aussi, il le pense. Mais il s'en fout, Félix. Il me l'a dit. Même s'il se donne l'air, comme ça, il y tient plus beaucoup à la vie. Tu vois... Non, tu vois pas. Tu vois rien, des fois. Tu passes...

Fonfon se mit à manger. La tête baissée sur son assiette. Moi, je n'y arrivais pas. Il releva la tête au bout de trois bouchées et beaucoup de silence. Ses yeux étaient embués de larmes.

— Mange, putain ! Que ça va être froid.

— Fonfon...

— Je vais te dire encore. Je suis là pour... pour être à côté de toi. Mais je sais pas pourquoi, Fabio. Je sais pas pourquoi ! C'est Honorine qui m'a demandé ça. De rester. Sinon, elle serait pas partie. Elle m'a mis ça comme condition. Merde, tu comprends ça !

Il se leva brusquement. Il posa ses mains bien à plat sur la table et se pencha vers moi.

— Parce que si elle me l'avait pas demandé, je sais pas si je serais resté.

Il partit vers sa cuisine. Je me levai et allai le rejoindre. Il pleurait, la tête appuyée contre le congélateur. Je passai mon bras autour de ses épaules.

— Fonfon, je dis.

Il se retourna lentement, et je le serrai contre moi. Il continuait de pleurer, comme un môme.

Quel gâchis, Babette. Quel gâchis.

Mais elle n'était pas responsable de tout ça, Babette. Elle n'était qu'un détonateur. Et moi, je me découvrais tel que j'étais en réalité. Inattentif aux autres, même à ceux que j'aimais. Incapable d'entendre leurs angoisses, leurs peurs. Leur envie de vivre, encore un peu, et heureux. Je vivais dans un monde où je ne leur faisais pas de place. Je les côtoyais, plus que je ne partageais. J'acceptais tout d'eux, avec indifférence parfois, laissant glisser, souvent par flemme, ce qu'ils pouvaient dire ou faire qui me déplaisait.

Lole, dans le fond, c'était pour ça qu'elle m'avait

quitté. Pour cette manière que j'avais de passer à travers les êtres, avec indolence, insouciance. Inintéressé. Je ne savais pas montrer, même dans les pires moments, combien, en réalité, j'étais attaché à eux. Je ne savais pas le dire non plus. Je croyais que tout allait de soi. L'amitié. L'amour. Hélène Pessayre avait raison. Je n'avais pas tout donné à Lole. Je n'avais jamais tout donné à personne.

J'avais perdu Lole. Je perdais Fonfon, et Honorine. Et c'était la pire des choses qui pouvaient m'arriver. Sans eux... Ils étaient mes dernières repères dans la vie. Des phares en mer, seuls capables d'indiquer la route du port. Ma route.

— Je vous aime, tous les deux. Je vous aime, Fonfon.

Il leva ses yeux vers moi, puis il se dégagea.

— Ça va, ça va, il dit.

— Je n'ai plus que vous, merde !

— Eh ben, oui !

Et sa colère explosa de nouveau.

— C'est maintenant que ça te revient ! qu'on est comme qui dirait ta famille ! Mais les tueurs, y se baladent devant notre porte... Mais les flics y te mettent sur écoutes sans avertir ta commissaire... Et toi ? Toi, ça t'inquiète, bien sûr, puisque tu vas te chercher un flingue. Mais nous ? Nous, ça t'inquiète pas, non !... Nous, on doit attendre que monsieur règle tout. Que tout rentre dans l'ordre. Et après, si la mort passe et nous épargne, on reprend nos petites habitudes. La pêche, les apéros, la pétanque, le rami le soir... C'est ça, Fabio ?

C'est comme ça que tu vois les choses ? Dis, qui on est, putain !

— Non, murmurai-je. C'est pas comme ça que je vois les choses.

— Bon, et tu les vois comment, hein ?

Le téléphone sonna.

— Montale.

La voix d'Hélène Pessayre était plate. Blanche.

— Ouais.

— Vers les sept heures, ce matin, Bruno a eu une crise de démence...

Je fermai les yeux. Les images déboulaient dans ma tête. Ce n'était même plus des images, mais des flots de sang.

— Il a tué sa femme et ses deux enfants... À... à coups de hache. C'est...

Elle n'arrivait plus à parler.

— Et lui, Hélène ?

— Il s'est pendu. Tout simplement.

Fonfon s'approcha doucement, et posa devant moi un verre de rosé. Je l'avalai d'une traite, et lui fis signe de me resservir. Il posa la bouteille à côté de moi.

— Les flics, ils disent quoi ?

— Drame familial.

J'avalai un autre verre de rosé.

— Ouais, bien sûr.

— Selon des témoins, ça n'allait plus très bien entre Bruno et son épouse. Depuis quelque temps... On a, paraît-il, beaucoup parlé au village de cette femme qui vivait chez eux.

— Ça m'étonnerait. Babette, personne ne savait qu'elle était au Castellas.

— Des témoins, Montale. Un, au moins. Un vieux copain à Bruno. Le garde-forestier.

— Ouais, bien sûr, répétai-je.

— Un avis de recherche est lancé, pour votre amie. Ils souhaitent l'entendre.

— Ça veut dire ?

— Ça veut dire qu'elle a les flics au cul, et derrière eux les types de la Mafia. Et le tueur, en embuscade.

Si Bruno avait parlé, et il ne pouvait qu'avoir parlé, les mecs avaient dû débouler à Nîmes, chez ces amis où Babette devait passer la nuit. J'espérais qu'elle était partie avant eux, Babette. Pour elle. Pour ces gens qui l'avaient hébergée. Et qu'elle était dans le train.

— Montale, elle est où, Babette ?

— Je ne sais pas. Là, je ne sais pas. Dans un train, peut-être. Elle devait venir à Marseille aujourd'hui. Elle doit me téléphoner à son arrivée.

— Vous aviez un plan, à son arrivée ?

— Oui.

— M'appeler, ça entrait dans votre plan ?

— Pas tout de suite. Après.

Je l'entendis respirer.

— J'envoie une équipe discrète à la gare. Au cas où ces salauds seraient là et tenteraient quelque chose.

— C'est mieux si elle est pas filée.

— Vous avez peur que je découvre où elle va ?

À mon tour de prendre ma respiration.

— Oui, je dis. Ça met en cause quelqu'un d'autre. Et

227

vous n'êtes sûre de rien. De personne. Même pas de votre plus proche coéquipier, Béraud, c'est ça ?

— Je sais où elle va, Montale. Je crois deviner où vous allez la retrouver cette nuit.

Je me resservis un verre de vin. J'étais sonné.

— Vous m'avez fait suivre ?

— Non. Je vous ai devancé. Vous m'aviez dit que cette personne que vous deviez voir, Félix, habitait au Vallon-des-Auffes. J'ai envoyé Béraud. Il se promenait sur le port quand vous êtes arrivé.

— Vous ne me faisiez pas confiance, hein ?

— Toujours pas. Mais c'est mieux comme ça. Pour aujourd'hui. Chacun joue sa partie. C'est ce que vous vouliez, non ?

Je l'entendis respirer à nouveau. Elle était oppressée. Puis sa voix se fit plus basse. Rauque.

— J'espère toujours qu'on pourra se retrouver, quand tout ça sera fini.

— Je l'espère aussi, Hélène.

— Je n'ai jamais été aussi sincère avec un homme qu'avec vous cette nuit.

Et elle raccrocha.

Fonfon était assis devant la table. Il n'avait pas fini son figatelli, et moi je n'y avais pas touché. Il me regarda venir vers lui. Il était épuisé.

— Fonfon, va la rejoindre, Honorine. Dis-lui que c'est moi qui décide. Pas elle. Et que c'est ça que je veux, que vous soyez ensemble. T'as rien à foutre ici !

— Et toi ? il murmura.

— Moi, je vais attendre que Félix il appelle, et après,

je ferme le bar. Laisse-moi le téléphone où je peux vous joindre.

Il se leva, et me regarda droit dans les yeux.

— Toi, qu'est-ce que tu vas faire ?

— Tuer, Fonfon. Tuer.

20

Où il n'y a pas de vérité qui ne porte en elle son amertume

Maintenant que le mistral était tombé, l'air puait le brûlé. Un mélange âcre de bois, de résine et de produits chimiques. Les pompiers semblaient enfin maîtres du feu. On parlait maintenant de 3 450 hectares détruits. De la forêt essentiellement. À la radio, quelqu'un, je ne sais plus qui, avait avancé le chiffre d'un million d'arbres calcinés. Un incendie comparable à celui d'août 1989.

Après une courte sieste, j'étais parti marcher vers les calanques. J'avais senti le besoin de laver ma tête à la beauté de ce pays. De la vider de ses sales pensées, et de la remplir d'images sublimes. Besoin aussi de donner un peu d'air pur à mes pauvres poumons.

J'étais parti du port de Calelongue, à deux pas des Goudes. Une balade facile, de deux heures à peine, par le sentier des douanes. Et qui offrait de magnifiques points de vue sur l'archipel de Riou et le versant sud des calanques. Arrivé au Plan des Cailles, j'avais tiré à flanc, non loin de la mer, dans les bois au-dessus de la calanque des Queyrons. Suant et soufflant comme un pauvre diable, j'avais fait une halte au bout du sentier en corniche qui surplombe la calanque de Podestat.

J'étais bien, là, face à la mer. Dans le silence. Ici, il n'y avait rien à comprendre, rien à savoir. Tout se donnait aux yeux dans l'instant où l'on en jouissait.

Je m'étais mis en route après l'appel de Félix. Juste avant deux heures. Babette venait d'arriver. Il me l'avait passée. Elle n'avait pas pris le train à Nîmes. Une fois dans la gare, m'expliqua-t-elle, elle avait hésité. Un pressentiment. Elle était entrée dans une agence de location de voitures, et en était repartie au volant d'une petite 205. Une fois à Marseille, elle avait garé sa voiture sur le port. Un bus l'avait emmenée sur la Corniche. Puis elle était descendue à pied jusqu'au Vallon-des-Auffes.

J'avais fermé le bar, tiré les volets qui donnaient sur la mer et descendu le rideau métallique. La salle n'était plus que faiblement éclairée par une lucarne, au-dessus de la porte d'entrée.

— J'ai eu envie de ça, commença-t-elle à raconter, de laisser la ville entrer en moi. De m'imprégner de sa lumière. Tu vois, je me suis même arrêtée à La Samaritaine, pour boire et manger un morceau. Je pensais à toi. À ce que tu dis souvent. Qu'on ne comprend rien à cette ville, si on est indifférent à sa lumière.

— Babette...

— J'aime cette ville. J'ai regardé les gens autour de moi. À la terrasse. Dans la rue. Je les ai enviés. Ils vivaient. Bien, mal, avec des hauts et des bas, sans doute, comme tout un chacun. Mais ils vivaient. Moi... je me sentais comme une extraterrestre.

— Babette...

— Attends... Alors, j'ai enlevé mes lunettes noires et j'ai fermé les yeux. Face au soleil. Pour sentir sa brûlure, comme quand on est sur la plage. Je redevenais moi-même. Je me suis dit : "Tu es chez toi." Et... Fabio...

— Quoi ?

— Ce n'est pas vrai, tu sais. Je ne suis plus tout à fait chez moi. Je ne peux pas marcher dans la rue sans me demander si je ne suis pas suivie.

Elle s'était tue, un instant. J'avais tiré sur le fil du téléphone et je m'étais assis par terre, le dos appuyé contre le comptoir. J'étais fatigué. J'avais sommeil. J'avais besoin d'air. J'avais envie de tout, sauf d'entendre ce qu'elle allait dire, et que je sentais venir dans chacun de ses mots.

— J'y ai réfléchi, reprit Babette.

Sa voix était étrangement calme. Et cela m'était encore plus insupportable.

— Je ne pourrai jamais plus être chez moi à Marseille, si je renonce à cette enquête. Tout ce boulot, depuis des années. Je dois aller au bout de moi-même. Comme chacun ici, même à son petit niveau. Avec cette exagération qui est la nôtre. Qui nous perdra...

— Babette, je ne veux pas discuter de ça au téléphone.

— Je voulais que tu le saches, Fabio. Hier soir, j'avais fini par admettre que tu avais raison. J'avais tout bien pesé, soupesé. Mais... en arrivant ici... le bonheur du soleil sur ma peau, cette lumière dans mes yeux... C'est moi qui ai raison.

— Tu as les documents avec toi ? la coupai-je. Les originaux.

— Non. Ils sont en lieu sûr.

— Putain, Babette ! je criai.

— Ça sert à rien de s'énerver, c'est comme ça. Comment on peut vivre heureux, si chaque fois qu'on va quelque part ou qu'on achète quelque chose, on sait qu'on se fait mettre par la Mafia ? Hein ! Bien au fond !

Des passages entiers de son enquête défilaient sous mes yeux. Comme si cette nuit-là, chez Cyril, je m'étais entré le disque dur de l'ordinateur dans la tête.

« C'est dans les paradis fiscaux que les syndicats du crime sont en contact avec les plus grandes banques commerciales du monde, leurs filiales locales spécialisées dans le *private banking* offrant un service discret et personnalisé à la gestion des comptes à haut rendement fiscal. Ces possibilités d'évasion sont utilisées aussi bien par des entreprises légales que par les organisations criminelles. Les progrès des techniques bancaires et des télécommunications offrent de larges possibilités de faire rapidement circuler et disparaître les profits des transactions illicites. »

— Fabio ?

Je battis des paupières.

« L'argent peut facilement circuler par transfert électronique entre la société-mère et sa filiale enregistrée comme une société-écran dans un paradis fiscal. Des milliards de dollars provenant des établissements gestionnaires de fonds institutionnels — y compris les fonds de pension, l'épargne des mutuelles et les fonds de trésorerie — circulent ainsi, passant tour à tour sur des comptes enregistrés au Luxembourg, dans les îles Anglo-Normandes, les îles Caïmans, etc.

« Conséquence de l'évasion fiscale, l'accumulation, dans les paradis fiscaux, d'énormes réserves de capitaux appartenant à de grandes sociétés est aussi responsable de l'accroissement du déficit budgétaire de la plupart des pays occidentaux. »

— C'est pas ça, la question, je dis.

— Ah oui. Et c'est quoi ?

Elle n'avait pas parlé de Bruno. Je supposais qu'elle ignorait encore tout du massacre. De cette horreur. Je décidai de ne rien dire. Pour l'instant. De garder cette saloperie comme un ultime argument. Quand, enfin, nous nous trouverions l'un devant l'autre. Ce soir.

— Ce n'est pas une question. Moi, plus jamais je ne serai heureux si, demain... si on leur tranchait le cou, à Honorine et Fonfon ! Comme ces salauds l'ont fait à Sonia et à Mavros.

— Moi aussi, j'en ai vu du sang ! elle s'énerva. J'ai vu le corps de Gianni. Mutilé, il était. Alors, ne viens pas me...

— Mais toi, tu es vivante, putain de merde ! Eux non ! Et moi, je suis vivant ! Et Honorine, et Fonfon, et Félix aussi, pour le moment ! Me fais pas chier avec ce que tu as vu ! Parce que, au train où on va, tu en verras encore d'autres. Et pire ! Ton corps découpé morceau par morceau...

— Arrête !

— Jusqu'à ce que tu leur dises où ils sont, ces putains de documents. Je suis sûr que tu craqueras au premier doigt coupé.

— Salaud ! elle hurla.

Je me demandai où était Félix. Est-ce qu'il s'était plongé dans la lecture d'une aventure des *Pieds Nickelés*, en buvant une bière bien fraîche ? Indifférent à ce qu'il entendait ? Ou est-ce qu'il était sorti sur le port pour que Babette puisse parler sans se sentir épiée ?

— Il est où, Félix ?

— Sur le port. À préparer le bateau. Il a dit qu'il prendrait la mer vers huit heures.

— Bien.

Le silence, une nouvelle fois.

La pénombre du bar me faisait du bien. J'avais envie de m'allonger à même le sol. Et de dormir. De dormir longtemps. Avec l'espoir que dans ce long sommeil toute cette immense saloperie se dissoudrait dans mes rêves d'aube pure sur la mer.

— Fabio, reprit Babette.

Je me souvenais avoir pensé, en haut du col de Cortiou, qu'il n'y a pas de vérité qui ne porte en elle son amertume. J'avais lu ça, quelque part.

— Babette, je ne veux pas qu'il t'arrive du mal. Je ne pourrais pas vivre, non plus, s'il te... s'il te tuait. Ils sont tous morts, ceux que j'aimais. Mes amis. Et Lole est partie...

— Ah !

Je n'avais pas répondu à cette lettre de Babette que Lole avait ouverte, et lue. Cette lettre qui avait brisé notre amour. J'en avais voulu à Lole d'avoir forcé mes secrets. À Babette, ensuite. Mais ni Babette ni Lole n'étaient responsables de ce qui avait suivi. Cette lettre était arrivée à ce moment, précis, où Lole était assaillie de doutes sur moi, sur elle. Sur nous, notre vie.

— Tu sais, Fabio, m'avait-elle avoué une nuit, une de ces nuits où j'essayais encore de la convaincre d'attendre, de rester. Ma décision est prise. Depuis longtemps. Je me suis donné un long temps de réflexion. Cette lettre, de ton amie Babette, n'y est pour rien. Elle m'a juste permis de prendre ma décision... Depuis lontemps, je doute. Tu vois, ce n'est pas un coup de tête. Et c'est pour que ça que c'est terrible. Encore plus terrible. Je sais... je sais que, pour moi, c'est vital de partir.

Je n'avais rien trouvé à lui répliquer, que ça, qu'elle était butée. Et si fière qu'elle ne pouvait admettre de se tromper. De faire marche arrière. De revenir vers moi. Vers nous.

— Butée ! Fabio, tu l'es autant que moi ! Non...

Et elle avait eu ces mots qui fermèrent définitivement la porte derrière elle :

— Je n'ai plus pour toi l'amour qu'il faut pour vivre avec un homme.

Plus tard, une autre fois, Lole m'avait demandé si j'avais répondu à cette fille, Babette.

— Non, j'avais dit.

— Pourquoi ?

Je n'avais jamais trouvé les mots pour lui répondre, ni même l'appeler. Et pour lui dire quoi, à Babette ? Que je ne savais pas combien notre amour, à Lole et à moi, était fragile. Et que, sans doute, toutes les vraies amours sont ainsi. Aussi cassantes que du cristal. Que l'amour tend les êtres jusqu'à l'extrême. Et que ce qu'elle, Babette, croyait être l'amour n'était qu'une illusion.

Je n'avais pas eu le courage de ces mots-là. Ni même de dire que, après tout ça, ce vide laissé en moi par Lole, je ne croyais pas nécessaire que l'on se retrouve un jour.

— Parce que je ne l'aime pas, tu le sais bien, j'avais répondu à Lole.

— Tu te trompes peut-être.

— Lole, je t'en prie.

— Tu passes ta vie à ne pas vouloir admettre les choses. Moi qui m'en vais, elle qui t'attend.

J'avais eu envie de la gifler, pour la première fois.

— Je ne savais pas, dis Babette.

— Laisse tomber. L'important, c'est ce qui se passe... Ces tueurs qui nous coursent. C'est de ça qu'il faut qu'on parle, tout à l'heure. J'ai des idées. Pour négocier avec eux.

— On verra, Fabio... Mais tu sais... Je crois que c'est la seule solution, aujourd'hui. Une opération "mains propres", en France. C'est la seule manière, la plus efficace, de répondre aux doutes des gens. Plus personne ne croit à rien. Ni aux hommes politiques. Ni aux projets politiques. Ni aux valeurs de ce pays. C'est... c'est la seule réponse à faire au Front National. Laver le linge sale. Au grand jour.

— Tu rêves ! Ça a changé quoi, en Italie ?

— Ça a changé des choses.

— Ouais.

Bien sûr, elle avait raison. Et pas mal de juges en France partageaient ce point de vue. Ils avançaient, courageusement, dossier par dossier. En solitaires souvent. Risquant leur vie, parfois. Comme le père d'Hélène Pessayre. Je savais ça, tout ça, oui.

Mais je savais aussi que ce n'était pas un coup d'éclat médiatique qui redonnerait sa morale à ce pays. Je doutais de la vérité, telle que la pratiquaient quelques journalistes. Le journal télévisé de vingt heures n'était qu'un miroir aux alouettes. La cruauté des images de génocides, hier en Bosnie, puis au Rwanda, et aujourd'hui en Algérie, ne faisait pas descendre dans la rue des millions de citoyens. Ni en France, ni ailleurs. Au premier tremblement de terre, à la moindre catastrophe ferroviaire, on tournait la page. Laissant la vérité à ceux qui mangeaient de ce pain-là. La vérité était le pain des pauvres, pas des gens heureux ou croyant l'être.

— Tu l'as écrit toi-même, je dis. Que la lutte contre la Mafia passe par un progrès simultané du développement économique et social.

— Ça n'empêche pas la vérité. À un moment. Et c'est le moment, Fabio.

— Mon cul !

— Fabio, merde ! Tu veux quoi, que je raccroche ?

— Combien ça vaut de morts, la vérité ?

— On peut pas raisonner comme ça. C'est des raisonnements de perdants.

— On est perdants ! je gueulai. On ne changera rien. Plus rien.

Je repensai aux propos d'Hélène Pessayre, quand nous nous étions retrouvés au fort Saint-Jean. À ce livre sur la banque mondiale. À ce monde, clos, qui s'organisait, et dont nous serions exclus. Dont nous étions déjà exclus. D'un côté l'Ouest civilisé, de l'autre les « classes dangereuses » du Sud, du tiers-monde. Et cette frontière. Le *limes*.

Un autre monde.

Dans lequel, je n'avais plus, moi, je le savais, ma place.

— Je me refuse à entendre de telles conneries.

238

— Je vais te dire, Babette, vas-y, bon Dieu ! Balance-là ton enquête, crève, crevons, toi, moi, Honorine, Fonfon, Félix...

— Tu veux que je me casse, c'est ça ?

— Et où tu veux aller, pauvre conne !

Et les mots m'échappèrent.

— Ce matin, la Mafia a liquidé à la hache ton ami Bruno et sa famille...

Le silence tomba. Aussi lourdement que, bientôt, leurs quatre cercueils au fond d'un caveau.

— Je suis désolé, Babette. Ils te croyaient là-haut.

Elle pleurait. Je l'entendais. De grosses larmes, j'imaginais. Pas de sanglots, non, juste des larmes. La panique et la peur.

— Je voudrais que ça finisse, elle murmura.

— Ça ne finira jamais, Babette. Parce que tout est déjà fini. Tu ne veux pas comprendre ça. Mais on peut s'en sortir. Survivre. Quelque temps, quelques années. Aimer. Croire à la vie. À la beauté... Et même faire confiance à la justice et à la police de ce pays.

— T'es con, elle dit.

Et elle éclata en sanglots.

21

Où il apparaît évident
que la pourriture est aveugle

J'engageai mon bateau dans le port du Frioul. Il était juste neuf heures. La mer était plus agitée que je n'avais pu le croire en sortant des Goudes. Babette, me dis-je en réduisant le moteur, n'avait pas dû être à la fête pendant trente minutes. Mais j'apportais de quoi la réconforter. Du saucisson d'Arles, un pâté de sanglier, six petits fromages de chèvre de Banon, et deux bouteilles de rouge de Bandol. Du domaine de Cagueloup. Et ma bouteille de Lagavulin, pour plus tard dans la soirée. Avant de reprendre la mer. Félix, je le savais, ne crachait pas dessus.

J'étais tendu. Pour la première fois, j'avais pris la mer avec un but, une raison précise. Du coup, dans ma tête cela avait été une folle sarabande. À un moment, j'en vins même à me demander comment j'avais pu en arriver là, à mon âge, en n'ayant qu'une vague idée de ce que j'étais, et de ce que je voulais dans la vie. Aucune réponse ne s'était imposée. Mais d'autres questions, plus précises encore, que j'avais tenté d'écarter. La dernière était la plus simple. Qu'est-ce je foutais là, ce soir sur mon bateau, avec un flingue, un 6.35, dans la poche de mon blouson ?

Parce que je l'avais emporté, le flingue de Manu. Après quelques hésitations. Depuis le départ d'Honorine et de Fonfon, j'étais désemparé. Sans plus de repères. Et seul. Un moment, j'avais failli téléphoner à Lole. Pour entendre sa voix. Mais que lui dire après ? Là où elle était ne ressemblait en rien à ici. Personne n'y était assassiné. Et l'on s'y aimait sans doute. Elle et son ami, du moins.

La peur m'était alors tombée dessus.

Au moment de sortir le bateau, je m'étais dit : et si tu te trompes, Fabio, et s'ils flairent un coup, et qu'ils te suivent en mer ? Je revenais d'acheter quelques paquets de cigarettes, et j'avais constaté que la Fiat Punto n'était pas garée dans le coin. J'avais remonté la route à pied, presque jusqu'à la sortie du village. Il n'y avait pas non plus de 304 blanche. Ni tueurs, ni flics. La peur, je l'avais sentie me nouer le ventre à cet instant, précisément. Comme une sonnette d'alarme. Ce n'était pas normal, ils auraient dû être là. Les tueurs, puisqu'ils n'avaient pu mettre la main sur Babette. Les flics, puisque Hélène Pessayre s'y était engagée. Mais c'était trop tard. Félix, à ce moment-là, avait déjà pris la mer.

J'aperçus le bateau de Félix, complètement à droite de la digue qui relie les îles de Pomègues et Ratonneau. Côté constructions. Là où quelques bars étaient ouverts. Le port était calme. Même en été, le Frioul n'attirait pas les foules le soir. Les Marseillais n'y venaient que dans la journée. Au fil des ans, tous les projets immobiliers s'étaient enlisés dans l'indifférence. Les îles du Frioul n'étaient pas un lieu habitable, juste un endroit où venir plonger, pêcher et nager dans l'eau froide du large.

— Oh ! Félix ! j'appelai en laissant mon bateau venir vers le sien.

Il ne bougea pas. Il semblait dormir. Le buste légèrement incliné devant lui.

Ma coque frotta doucement contre celle de son bateau.

— Félix.

J'avançai le bras pour le secouer gentiment. Sa tête bascula sur le côté, puis en arrière, et ses yeux morts vinrent se planter dans les miens. De son cou ouvert, le sang coulait encore.

Ils étaient là.

Babette, je pensai.

Nous étions coincés. Et Félix était mort.

Où elle était, Babette ?

Une lame de fond retourna mon estomac et j'eus dans la gorge le goût acide de la bile. Je me pliai en deux. Pour vomir. Mais je n'avais rien dans le ventre, qu'une longue rasade de Lagavulin avalée à mi-chemin.

Félix.

Ses yeux morts. À jamais.

Et ce sang qui coulait. Qui coulerait dans ma mémoire tout le restant de ma putain de vie.

Félix.

Ne pas rester là.

D'un geste vif, m'appuyant sur sa coque, je repoussai mon bateau, lançai le moteur et fis marche arrière pour me dégager. Des yeux, j'observai le port, la digue, les alentours. Personne. J'entendis des rires sur un voilier. Les rires d'un homme et d'une femme. Celui de la femme pétillait comme du champagne. L'amour n'était pas loin. Leurs corps à même le bois du pont. Leur plaisir sous la lune.

J'amenai mon bateau à l'écart. À l'extrême est. Ce côté-là n'était pas éclairé. Je restai un moment à scruter la nuit. La roche blanche. Puis je les vis. Ils étaient trois. Tous les trois. Bruscati et le chauffeur. Et l'égorgeur, cet enfant de putain. Ils grimpaient rapidement l'étroit chemin qui part dans la rocaille et qui conduit à une multitude de petites criques.

Babette devait cavaler par là.

— Montale !

Je me figeai. Mais cette voix ne m'était pas inconnue. De l'ombre d'un rocher, je vis apparaître Béraud. Alain Béraud. Le coéquipier d'Hélène Pessayre.

— Je vous ai vu arriver, il dit en sautant agilement dans mon bateau. Pas eux, je crois.

— Qu'est-ce que vous foutez là ? Elle est là, elle aussi ?

— Non.

Je vis les trois hommes disparaître en haut de la côte.

— Comment ils ont su, ces enculés ?

— Je sais pas.

— Comment tu sais pas, merde ! je criai à voix basse. J'avais envie de le secouer. De l'étrangler.

— Qu'est-ce que tu fous là, alors ?

— J'étais au Vallon-des-Auffes. Tout à l'heure.

— Pourquoi ?

— Merde, Montale ! Elle te l'a dit, non ? On savait que ta copine allait chez ce type. J'y étais quand tu es venu le voir, l'autre jour.

— Ouais, je sais.

— Hélène avait pigé. Le coup du bateau... Astucieux.

— Fais pas chier, merde !

— Elle voulait pas vous savoir ici sans protection.

— Merde ! Mais ils l'ont buté, Félix. T'étais où, alors ?

— J'arrivais. J'arrive, en fait.

Il resta pensif un bref instant.

— Je suis parti le dernier. C'est ça la connerie. J'aurais dû venir ici directement. Et attendre. Mais... mais je... On n'était pas sûr que c'était là que vous deviez vous retrouver. Ç'aurait pu être au Château d'If. À Planier... Je sais pas, moi...

— Ouais.

Je ne comprenais plus rien, mais cela n'avait plus d'importance. Il fallait qu'on fonce, et retrouver Babette. Elle avait un avantage sur les tueurs, elle connaissait l'île par cœur. La moindre crique. Le moindre sentier caillouteux. Pendant des années, elle était venue y faire de la plongée.

— Faut qu'on y aille, je dis.

Je réfléchis une seconde.

— Je vais longer la côte. Pour tenter de la récupérer Dans une des criques. Y a que comme ça.

— J'y vais à pied, il dit. Par le chemin. Derrière eux. Ça te va ?

— O.K.

Je lançai le moteur.

— Béraud, je dis.

— Ouais.

— Pourquoi t'es seul ?

244

— C'est mon jour de congé, il répondit sans rire.

— Quoi ! je criai.

— Montale, c'est ça l'os. C'est qu'on a été débarqués. On lui a retiré l'affaire après son rapport.

On se regarda. Il me sembla voir dans les yeux de Béraud la fureur d'Hélène. Sa fureur et son écœurement.

— Elle s'est fait taper sur les doigts. Méchamment.

— C'est qui, à sa place ?

— La brigade financière. Mais je sais pas qui encore, le commissaire.

Maintenant la colère me gagnait, furieusement.

— Me dis pas qu'elle a fait état de ta filature !

— Non.

Je l'attrapai violemment par la chemise, sous le cou.

— Mais tu sais pas, hein ? Pourquoi ils sont arrivés ici ! Toujours pas !

— Si... Je crois.

Sa voix était calme.

— Et c'est quoi, alors ?

— Le chauffeur. Notre chauffeur. Je vois que lui.

— Et merde ! je dis en le lâchant. Et elle est où, Hélène ?

— À Septèmes-les-Vallons. Pour enquêter sur les éventuelles origines criminelles des incendies... Paraît que ça gueule de partout. Ce feu... Elle m'a demandé de pas vous lâcher, Hélène.

Il sauta du bateau.

— Montale, il dit.

— Quoi.

— Le mec qui conduisait leur hors-bord, il est bâillonné et ligoté. J'ai appelé les flics aussi. Devraient pas tarder.

Et il s'élança sur le chemin. Il dégaina un flingue. Un gros. Je sortis le mien. Le flingue de Manu. J'engageai un chargeur et mis la sécurité.

Je contournai l'île lentement. Pour essayer de repérer Babette ou les tueurs. La lumière blanche de la lune donnait un aspect lunaire à la rocaille. Jamais ces îles ne m'avaient paru aussi lugubres.

Je repensais à ce qu'avait dit Hélène Pessayre ce matin, au téléphone. « Chacun joue sa partie. » Elle avait joué la sienne, et elle avait perdu. Je jouais la mienne, et j'étais en train de perdre. « C'est ce que vous vouliez, non ? » Est-ce que j'avais tout foiré, une nouvelle fois ? Est-ce qu'on en serait là si...

Babette, elle descendait. Dans un étroit goulet de roches.

Je rapprochai le bateau. En me tenant au centre de la crique.

L'appeler, maintenant. Non, pas encore. La laisser descendre. Arriver au fond de la crique.

J'approchai un peu, puis je coupai le moteur pour glisser lentement sur l'eau. J'avais encore du fond sous moi, je le devinai. J'attrapai les rames et m'approchai encore.

Je la vis apparaître sur l'étroit banc de sable.

— Babette, j'appelai.

Mais elle ne m'entendit pas. Elle regardait le haut des rochers. Il me sembla l'entendre haleter. La peur. La panique. Mais ce n'était que mon cœur que j'entendais.

Il battait à tout rompre. Comme une bombe à retardement. Putain, calme-toi ! je me dis. Ça va péter !

Me calmer ! Me calmer.

— Babette !

J'avais crié.

Elle se retourna, m'aperçut enfin. Comprit. Le type apparut au même instant. Trois mètres à peine au-dessus d'elle. Ce n'était pas un flingue qu'il tenait.

— Planque-toi ! je hurlai.

La rafale partit et couvrit ma voix. Les rafales suivirent. Babette se souleva, comme pour plonger, puis retomba. Dans l'eau. Le tir cessa brusquement et je vis le tueur s'envoler au-dessus des rochers. Sa mitraillette dégringola dans la caillasse. Puis le silence, soudain. L'instant d'après son corps s'écrasa plus bas. Le choc de son crâne contre la roche résonna dans la crique.

Béraud avait fait mouche.

Je filai un grand coup de rames. Je sentis la coque frotter le fond caillouteux. Je sautai hors du bateau. Le corps de Babette était toujours dans l'eau. Immobile. Je tentai de le soulever. Du plomb.

— Babette, je pleurai. Babette.

Je tirai doucement le corps de Babette vers le sable. Huit impacts labouraient son dos. Je la retournai lentement.

Babette. Je m'allongeai contre elle.

Ce visage que j'avais aimé. Le même. Aussi beau. Tel que Botticelli l'avait rêvé une nuit. Tel qu'il l'avait peint un jour. Le jour de la naissance du monde. Vénus. Babette. Je caressai lentement son front, puis sa joue. Mes doigts effleurèrent ses lèvres. Ses lèvres qui m'avaient embrassé. Qui avaient couvert mon corps de baisers. Sucé mon sexe. Ses lèvres.

Je plaquai ma bouche sur la sienne, comme un fou.

Babette.

Le goût du sel. Je poussai ma langue, le plus durement possible, le plus loin possible dans sa bouche. Pour cet impossible baiser que je voulais qu'elle emporte. Mes larmes coulaient. Salées, elle aussi. Sur ses yeux ouverts. J'embrassai la mort. Passionnément. Les yeux dans les yeux. L'amour. Se regarder dans les yeux. La mort. Ne pas se quitter des yeux.

Babette.

Son corps soubresauta. J'eus dans la bouche le goût du sang. Et je vomis la seule chose qu'il me restait encore à vomir. La vie.

— Salut, connard.

La voix. Celle que j'aurais pu reconnaître entre mille.

Des coups de feu résonnèrent au-dessus de nous.

Je me retournai lentement, sans me lever, et restai assis, le cul dans le sable mouillé. Les mains dans les poches de mon blouson. Ma main droite ôta la sécurité à mon flingue. Je ne bougeai plus.

Il braquait un gros colt dans ma direction. Il me dévisagea. Je ne voyais pas ses yeux. La pourriture n'a pas de regard, je me dis. Elle est aveugle. J'imaginai ses yeux sur le corps d'une femme. Quand il la baisait. Pouvait-on se faire baiser par le Mal ?

Oui. Moi.

— T'as essayé de nous niquer, hein.

Je sentis son mépris couler sur moi. Comme s'il venait de me cracher à la gueule.

— Ça ne sert plus à rien, je dis. Elle, moi. Demain matin, tout, entièrement tout sera sur Internet. La liste complète.

J'avais appelé Cyril, avant de partir. Je lui avais dit de tout balancer, cette nuit. Sans attendre l'avis de Babette.

Il rigola.

— Internet, tu dis.

— N'importe qui pourra les lire, ces putains de listes.

— Ferme-la, connard. Les originaux, ils sont où ?

Je haussai les épaules.

— Elle a pas eu le temps de me dire, Ducon. On était là pour ça.

De nouveaux coups de feu, là-haut dans les rochers. Béraud était vivant. Du moins, il l'était encore.

— Ouais.

Il s'avança. À quatre pas de moi, il était maintenant. Son flingue droit devant moi.

— T'as cassé ta lame de couteau sur mon vieux copain.

Il rigola encore.

— T'aurais préféré que je te découpe aussi, connard ?

Maintenant, je me dis.

Mon doigt sur la détente.

Tire !

« Vous me laisseriez le tuer... Vous ? »

Tire, bon Dieu ! hurla Mavros. Sonia se mit à hurler aussi. Et Félix. Et Babette. Tire ! ils gueulaient. Fonfon, la colère dans son regard. Honorine, ses yeux tristes qui me regardaient. « L'honneur des survivants... » Tire !

Montale, putain de merde, tue-le ! Tue-le !

« Je vais le tuer. »

Tire !

Son bras s'abaissa lentement. Se tendit. Vers mon crâne.

Tire !

— Enzo ! je criai.

Et je fis feu. Le chargeur.

Il s'écroula. Le tueur sans nom. La voix. La voix de la mort. La mort même.

Je me mis à trembler. La main crispée sur la crosse du flingue. Bouge, Montale. Bouge, reste pas là. Je me levai. Je tremblais de plus en plus.

— Montale ! appela Béraud.

Il n'était plus très loin. Nouveau coup de feu. Puis le silence.

Béraud ne rappela pas.

Je m'avançai vers le bateau. Titubant. Je regardai l'arme que je tenais dans la main. L'arme de Manu. D'un geste violent, je la balançai loin devant moi, dans la mer. Elle retomba dans l'eau. Avec le même bruit, ou presque, mais dans ma tête cela fit le même bruit, que la balle qui m'entra dans le dos. Je sentis la balle, mais je n'entendis le coup de feu qu'après. Ou l'inverse, forcément.

Je fis quelques pas dans l'eau. Ma main caressa la plaie ouverte. Le sang chaud sur mes doigts. Ça me brûlait. Dedans. La brûlure. Comme le feu dans les collines, elle gagnait du terrain. Les hectares de ma vie qui se consumaient.

Sonia, Mavros, Félix, Babette. Nous étions des êtres calcinés. Le Mal se propageait. L'incendie gagnait la planète. Trop tard. L'enfer.

Oui, mais ça va, Fabio ? Ça va, non ? Ouais. C'est juste qu'une balle. Est-ce qu'elle est ressortie ? Non, putain. On dirait pas, non.

Je me laissai tomber dans le bateau. Allongé. Le moteur. Démarrer. Je démarrai. Rentrer, maintenant. J'allais rentrer. C'est fini, Fabio.

J'attrapai la bouteille de Lagavulin, la débouchai approchai le goulot de mes lèvres. Le liquide glissa en moi. Chaud. Cela me faisait du bien. On ne pouvait pas saisir la vie, juste la vivre. Quoi ? Rien. J'avais sommeil. La fatigue. Oui, dormir. Mais n'oublie pas d'inviter Hélène à manger. Dimanche. Oui, dimanche. C'est quand dimanche ? Fabio, dors pas, putain. Le bateau. Dirige le bateau. Vers chez toi, là-bas. Les Goudes.

Le bateau filait vers le large. Ça allait, maintenant. Le whisky me dégoulinait sur le menton, dans mon cou. Je ne sentais plus rien de moi. Ni dans mon corps, ni dans ma tête. J'en avais fini avec la douleur. Toutes les douleurs. Et mes peurs. La peur.

Maintenant, la mort, c'est moi.

J'avais lu ça... Se souvenir de ça, maintenant.
La mort, c'est moi.
Lole, tu veux pas tirer les rideaux sur notre vie ? S'il te plaît. Je suis fatigué.
Lole, s'il te plaît.

L'analyse développée sur la Mafia dans ce roman s'appuie et s'inspire très largement de documents officiels, notamment *Nations unies. Sommet mondial pour le développement social. La globalisation du crime*, Département d'information publique de l'O.N.U. ainsi que des articles parus dans *Le Monde diplomatique* : « Les confettis de l'Europe dans le grand casino planétaire » de Jean Chesneaux (janvier 1996) et « Comment les mafias gangrènent l'économie mondiale » de Michel Chossudovsky (décembre 1996). Nombre de faits ont également été rapportés dans *Le Canard enchaîné*, *Le Monde* et *Libération*.